AF237252

Burkhard Budde

Haifische im Aquarium

Mitten unter uns

Roman

Bibliografische Information der Deutschen Nationalbibliothek:
Die Deutsche Nationalbibliothek verzeichnet diese Publikation in der
Deutschen Nationalbibliografie; detaillierte bibliografische Daten
sind im Internet über http://dnb.dnb.de abrufbar.

© 2020 Burkhard Budde

Herstellung und Verlag: BoD – Books on Demand, Norderstedt

ISBN: 978-3-7519-5956-8

Vorwort

Unser Leben ist wie ein Aquarium, in dem sich viele Goldfische, aber auch Haifische tummeln. Mitten unter uns können Haifische unbemerkt ihr Unwesen treiben.

Und manchmal schlummert in einem Goldfisch ein Haifisch, der in einer bestimmten Situation wachwerden und gefährlich werden kann. Aber manchmal lebt auch in einem Haifisch ein Goldfisch, der vielleicht jedoch noch nichts davon weiß.

Dieser Roman handelt von einem solchen Aquarium.

Alle Ähnlichkeiten mit lebenden oder toten Personen, mit Handlungen und Örtlichkeiten, mit kirchlichen Einrichtungen sind rein zufällig und nicht beabsichtigt.

Danken möchte ich vor allem meiner Familie, meiner Frau Margret für die Arbeit als Lektorin sowie meinem Sohn Jonas und seiner Freundin Kristin Willecke für ihre Beratung und die grafische Gestaltung des Werkes.

1
Großer Jahrmarkt:
Zu schön, um verlogen zu sein?

Zu schäbig, um wahr zu sein? Zu einfach oder zu kompliziert, um die ganze Realität wiedergeben zu können? Wie auch immer: In der Stadt Himmelspfort gab es vor vielen Jahren eine große Feier in vielfältigen und bunten, schillernden und grellen Farben, die allerdings auch Schatten warfen.

Eine gemischte Gesellschaft im flackernden Farbenspiel aus diffusem Licht und Grauzonen war zusammengekommen. Manche Teilnehmer waren insgeheim erfreut, andere innerlich traurig gestimmt. Wieder andere erschienen teilnahmslos als wenn sie ein Pflichtprogramm absolvierten. Einige wenige durchschauten wohl nur das Schauspiel im Horizont des Kruzifixes, das sichtbar für alle an der Wand hing, aber wohl kaum eine große Bedeutung für viele Teilnehmer hatte. Das kirchliche Unternehmen Samuel, zu dem ein großes Krankenhaus, ein kleines Altenheim, eine Schule, ein Kindergarten und eine Buchhandlung gehörten, verabschiedete seinen langjährigen Leiter Andreas Klein in den Ruhestand. Eine langbeinige ältere Frau, die ein hautenges schwarzes Kostüm trug, trat ans Rednerpult. Etwa 200 Gäste, die sich in dem festlich geschmückten Raum versammelt hatten und an gedeckten Tischen saßen, verfolgten neugierig, manche auch mit staunenden Augen ihre Rede.

„Heute heißt es Abschied zu nehmen von einer Person, der unser kirchliches Werk viel zu verdanken hat. Sie hat ein Lebenswerk geschaffen", sagte die Vorsitzende des Aufsichtsrates mit roten Lippen, aber blassem Gesicht und einer Stimme, die ein wenig unsicher klang. Sie knetete ihre Hände, blickte einmal abwesend hoch und klebte dann wieder an ihrem Redemanuskript. Felicitas Fromme, so hieß die Vorsitzende des zehnköpfigen Kontrollgremiums, listete immer monotoner und schneller, fast lieblos die Leistungen von Andreas Klein auf. Die Oberkirchenrätin i.R. verlas auch seinen Lebenslauf, nannte Kleins Netzwerk- und Projektarbeit, insbesondere jedoch die Stärkung des kirchlichen Profils durch ein „ganzheitliches Management". Und damit meinte sie wohl ein Zusammenspiel von Wirtschaftlichkeit, Fachlichkeit und christlicher Ethik angesichts schwieriger politischer Rahmenbedingungen im Gesundheits- und Sozialwesen. Andreas Klein habe sich zudem immer gegen Fusionen und gegen eine „feindliche Übernahme", aber für Kooperationen des Unternehmens mit anderen Unternehmen ausgesprochen.

Ein langjähriger Mitarbeiter, der im Betriebsrat tätig war, hörte genau zu. Das Stichwort „Fusionen" war für ihn jedoch gleichsam ein Türöffner, um mit seinen Gedanken spazieren zu gehen. Er musste unwillkürlich an eine kleine Fabel denken und schmunzelte in sich hinein.

Kommt ein Huhn zu einem Schwein.

„Willst du mit mir fusionieren?" fragte das Huhn das Schwein, das vertrauensvoll zustimmte, aber noch eine Frage hatte:

„Was kommt denn dabei heraus?" Darauf reagierte das Huhn ganz ehrlich:

„Schinken mit Ei."

„Dann gehe ich ja kaputt!" empörte sich nun das Schwein.

„Aber das ist bei jeder Fusion so", versuchte das Huhn das Schwein zu beruhigen.

Man muss Andreas Klein, dachte der Mitarbeiter weiter, danken, dass es bislang keine Fusion gegeben hat. Klein hatte in vielen Gesprächen mit dem Betriebsrat darauf hingewiesen, dass bei einer Fusion mit zentraler Steuerung die wirtschaftlichen Ergebnisse nicht automatisch verbessert würden. Und wenn bei Fusionen dann noch unterschiedliche Kulturen aufeinanderprallten, wäre der Misserfolg häufig vorprogrammiert. Ein relativ kleines Schiff wie Samuel könne in stürmischen Zeiten des Wettbewerbs viel flexibler und schneller mit einer motivierten und qualifizierten Mannschaft reagieren und deshalb auch wirtschaftlich besser dastehen als ein schwerfälliger Tanker. Allerdings spielten stets auch die Bedingungen auf dem Meer des Gesundheits- und Sozialwesens eine wichtige Rolle. Und im Augenblick gab es starke Stürme mit hohen Wellen.

Der Mitarbeitervertreter war jedenfalls von Kleins Grundhaltung überzeugt, auch wenn er ihm nicht in jeder Frage zustimmte: Klein, von Haus aus Theologe mit einer Zusatzqualifikation im

4

Management, hatte versucht, das große Ganze des Unternehmens im Auge zu behalten; nicht nur zu verwalten, sondern mit dem Team die Leistungen ganzheitlich zu gestalten und dem kirchlichen Unternehmen ein Gesicht zu gegeben. Gleichzeitig habe er aber auch die Anliegen des einzelnen Mitarbeiters wahr- und ernstgenommen. „Mit Andreas Klein kann man reden", war die Meinung vieler Mitarbeiter.

Der Mitarbeitervertreter erinnerte sich an einen Konflikt. Sein Chef vor Ort hatte ihn beim Vorstand angeschwärzt und schlechtgemacht. Der wiederum setzte einen fairen Umgang durch („Auch die andere Seite ist zu hören", hatte Klein gesagt.) und deshalb hatte auch er seine Sicht der Dinge vortragen können. Entscheidend war jedoch für ihn, dass mit der Vermittlungshilfe des Vorstandes ein echter Kompromiss erzielt werden konnte – und ein neues, ja tolles Zusammenspiel mit seinem Chef. Seitdem gehörten für ihn Dienst nach Vorschrift und innere Kündigung der Vergangenheit an. Er hatte keine schlaflosen Nächte mehr und kam wieder gerne in das Haus, um seinen Job möglichst gut zu machen und die Anliegen seiner Kollegen zu vertreten. Die Gedanken des Mitarbeiters wanderten hin und her. Das Beispiel vom Hund, das Andreas Klein auf einer Jubiläumsfeier genannt hatte, tauchte plötzlich in seinem Bewusstsein auf; es hatte ihm die Bedeutung eines kirchlichen Profils verdeutlicht.

Weder ein *streunender* Hund ohne Bindung an ein geistiges Zuhause mit Geschichte, Traditionen, Werten und Normen, das Orientierung und Halt gebe, habe eine Zukunft. Noch ein *ängstlicher* Hund im goldenen Zwinger der Bürokratie und Hierarchie, der durch die Enge und Zwänge die Luft zum Atmen, zu sinnstiftenden und schöpferischen Tätigkeiten nehme sowie keine neuen Horizonte ermögliche. Aber auch ein *beißwütiger* Hof- und Kettenhund, der vielleicht den Hofbesitzern gefalle, aber die Mitarbeiter verschrecke und einschüchtere, sei für die Glaubwürdigkeit eines Unternehmens genauso gefährlich wie ein *gehätschelter* Schoßhund, der die Mannschaft nicht zusammenhalten und führen könne. Es reiche jedoch auch nicht, den Mond einfach *anzubellen*, der dem Hund dafür nur ein müdes Lächeln schenke. Und ein *bellender* Hund auf dem Marktplatz der Angebote und Dienstleistungen, der zwar von Nächstenliebe laut spreche, aber in Wahrheit nur an den eigenen Nutzen oder an die eigenen Vorteile denke, verschrecke mehr, als dass er die Attraktivität eines kirchlichen Unternehmens insgesamt stärke.

Alle Mitarbeiter müssten sich wohl schon ernsthaft und glaubwürdig um die Identitätsfrage, um Identifikationsmöglichkeiten und die Marke Diakonie bemühen, um nachhaltig im sozialen Markt bestehen zu können. Denn waren die diakonische Identität, die diakonische Kultur das diakonische Profil nicht ein Alleinstellungsmerkmal?

Doch dann wurde der Mitarbeitervertreter aus seiner Gedanken- und Erinnerungswelt herausgeholt, als die vielen Grußworte begannen und vor allem Andreas Klein ein überraschendes Feuerwerk mit Lobes- und Dankesworten erlebte.

2

Zwei Welten in einer Welt:
Monetik statt Ethik?!

Vor Jahren fing die Abkehr vom ganzheitlichen und werteorientierten Denken an. Die Vorsitzende des Aufsichtsrates Felicitas Fromme war verhindert. Die Leitung der Sitzung übernahm ihre Stellvertreterin Patricia König, eine ehemalige Top-Managerin eines großen Familienunternehmens, von Haus aus Medizintechnikerin. Kaum war sie durch die Tür in den mit neuen Möbeln und modernen Bildern gestalteten Raum gekommen, wandte sie sich zu dem Vorsitzenden des Vorstandes und polterte:

„Es ist alles schlimm. Halten sie heute nur nicht so einen langen Sermon."

Gemeint hatte sie die finanzielle Situation des Unternehmens, aber auch die Andacht, die bislang in guter Tradition immer zu Beginn einer Sitzung von dem jeweiligen Vorsitzenden des Vorstandes, die bislang alle von Haus aus Theologen waren, gehalten wurde. Die Auslegung einer biblischen Botschaft dauerte bei Andreas Klein nie lange; sie war aber manchmal wie ein Spiegel, indem sich jeder – auch Andreas Klein selbst - wiederfinden konnte. Nicht allen gefiel das, weil es auch kritische und unbequeme Aussagen gab, gerade weil Kleins Andachten keine abgehobenen Moralpredigten, aber eben auch keine lebensfremden Reden darstellten.

Ein Nachdenken über eine biblische Aussage, so hatte es Andreas Klein einmal neuen Mitgliedern des Aufsichtsrates zu erklären versucht, dürfe nicht als „Sahne" oder „Etikett", als „Moral" oder „Anklage", als „Diktat" oder „Pflichtübung" missverstanden oder missbraucht werden. Er verstehe diesen geistig-geistlichen Impuls als „lebensdienliches Vorzeichen" vor der „Klammer", weil alles andere in der Klammer wie Wirtschaftlichkeit, Fachlichkeit, Teamarbeit und Unternehmenspolitik von diesem Maßstab und dieser Mitte her verantwortet werden müsse sowie beseelt werden könne. Selbstkritische und neue Denkprozesse könnten befreiend und versöhnend wirken sowie das eigene Verhalten könne hinterfragt und beeinflusst werden. Deshalb stände auch in der Präambel der Satzung des Unternehmens Samuel, dass „der Maßstab des Handelns des Unternehmens das Evangelium" ist. Diese Orientierung am Evangelium, so Klein weiter, würde zum Beispiel Fremdenfeindlichkeit sowie Hass und soziale Kälte ausschließen, aber auch eine Sichtweise, die den Menschen allein nach ökonomischen Gesichtspunkten betrachte: Billiger oder teurer Patient? Kostenfaktor oder Erlösfaktor? Nummer oder Mensch? Sache oder Person? Welche „Brille" man in einer konkreten Situation trage, zeige sich auch im Verhalten und in den Entscheidungen.

Eine Andacht – recht verstanden – sei also keine Zeitverschwendung, kein Ablenkungsmanöver, auch kein Schmieröl, um die Dienstleistungen zu steigern, wohl aber eine Art kritischer Spiegel, geistiger Motor sowie ethischer Kompass im Blick auf die Glaubwürdigkeit und den Kurs des Unternehmens. Ob Andreas Klein überhaupt verstanden wurde?

Ein *Kompass christlicher Ethik*, der in einer Andacht ein Thema sein könne, so hatte er in einer Mitarbeiterschulung ausgeführt, bedeute für die Politik eines kirchlichen Unternehmens zwar nicht im Besitz eines *Rezeptbuches* für einfache Lösungen zu sein, auch nicht im Besitz einer *Stoppuhr* für schnelle Lösungen oder eines *Navis* für Patentlösungen, wohl aber eine *Orientierungshilfe* bei der gemeinsamen Suche nach verantwortbaren Wegen, die vertretbar, finanzierbar, machbar und wünschbar seien.

Das vorherrschende Thema in Aufsichtsratssitzungen war jedoch ein anderes, nämlich die Wirtschafts- und Finanzsituation des kirchlichen Unternehmens. Wie immer standen die Zahlen für die Zahlenmenschen auch in dieser Sitzung im Vordergrund, die von Patricia König geleitete wurde. Allerdings ging es dieses Mal – ohne Andacht – sofort zur Sache.

„Wir haben zum Vorstand kein Vertrauen mehr", sagte das Aufsichtsratsmitglied Dr. Friedrich Groß, Jurist und Top-Manager einer großen Bank, ohne lange Vorrede. Paula Meier, die im Vorstand für die Finanzen zuständig war, versuchte die Wogen zu glätten. Sie sprach die Probleme anderer Häuser im Gesundheits- und Sozialwesen an. Wenn die Kostenträger zum Beispiel die Tarif-erhöhungen nicht voll refinanzierten, dann hätten tarifgebundene Häuser mit einem Personalkostenanteil von etwa 70 Prozent schlechte Karten. Rabiat wurde sie von Patricia König unterbrochen: „Das interessiert nicht! Sie müssen sparen!" Und dann ergänzte ein emotional aufgewühltes Aufsichtsratsmitglied mit Drohgebärde: „Wo bleibt denn das Vorbild des Vorstandes? Müssen immer zwei Vorstandsmitglieder auf Tagungen fahren?!" Und Patricia König fiel noch etwas „Wichtiges" ein. Aus eigener Erfahrung in der freien Wirtschaft müsse man mit klaren Kennzahlen und eindeutigen Vorgaben die Mitarbeiter unter Druck setzen, damit sie effizienter arbeiteten. Das sei der richtige Weg, der zum Erfolg führe. Der Hinweis des Vorstandes, ein kirchliches Dienstleistungsunternehmen sei grundsätzlich von einer Wurst- oder Textilfabrik zu unterscheiden und könne nicht allein mit Kennzahlen oder rein betriebswirtschaftlich gesteuert werden, da es in einem Krankenhaus, in einem Altenheim, in einer Schule oder in einem Kindergarten vorrangig immer um Menschen und nicht um Produktion gehe, goss Öl ins Feuer der Gefühle der Zahlenmenschen. Erbost drohten sie damit zurückzutreten, wenn kein Umdenken im Vorstand stattfinden sollte. War mit dieser Sitzung das Tischtuch zwischen Vorstand und Aufsichtsrat zerschnitten? Gab es keine Brücken mehr, die für alle begehbar sein sollten?

Jeder im Vorstand stand für ökonomisches und effizientes Verhalten, um Verschwendung angesichts knapper Ressourcen zu vermeiden, um ein wirtschaftliches Gesamtergebnis zu erzielen und um überhaupt diakonisch ganzheitliches Unternehmertum nachhaltig möglich zu machen. Aber wäre es nicht ein Treppenwitz der kirchlichen Firmen- oder Einrichtungsgeschichte, wenn über Jahrzehnte die Marke *Diakonie* im Horizont von Menschen in Not und im Lichte des christlichen Glaubens erfolgreich aufgebaut worden war?

Um dann bei wirtschaftlichen Herausforderungen auf Grund schlechter Rahmenbedingungen die Verbindungsbrücken insbesondere zwischen kirchlichem Auftrag, christlicher Ethik und moderner Ökonomie niederzureißen? Und vor allem würde es nicht negative wirtschaftliche Folgen geben, wenn das Vertrauen der Öffentlichkeit in diese besondere Marke („Hier bist du Mensch, keine Nummer") verloren geht?

Weil dann die christliche Identität als Trickserei im Schaufenster eines Unternehmens ein glanzvoll kümmerliches Dasein führt? Weil die Menschlichkeit, Empathie und Hilfsbereitschaft unter die Räder geraten und zwar durch eine einseitige Ökonomisierung mit gnadenloser Effizienzsteigerung und Erlösmaximierung um jeden Preis? Würde dann nicht auch in einem rein wirtschaftlich und zentral-hierarchisch geführten Unternehmen mit kirchlichem Aushängeschild die Motivation der Mitarbeiter zerstört und nach außen abschreckend wirken?

„Viele schöne alte Zöpfe können wir uns in Zukunft nicht mehr leisten!", meinten trocken die Zahlenmenschen, die sich als Retter von Samuel angesichts wirtschaftlicher Herausforderungen verstanden. Aber können Zahlen wirklich sprechen?

Auf keinen Fall – auch wenn das Herz noch so stark für Zahlen schlägt – können sie Menschlichkeit und Entscheidungen ersetzen; sie müssen vielmehr immer interpretiert werden, sind manipulierbar und instrumentalisierbar. Zahlen geben nicht die ganze Wirklichkeit mit Gefühlen, Stimmungen, Gewissheiten und Meinungen wieder; können auch nicht zaubern, die Zukunft vorhersagen. Sie begründen vor allem kein unmenschliches und würdeloses, kein unrechtmäßiges, kein gieriges, kein geiziges, kein verschwenderisches Verhalten, keine Abzocke, kein Hecheln nach schnellen Gewinnen oder nach kurzfristigem Erfolg. Und bleibt darüber hinaus nicht immer auch der Zusammenhang bei der Interpretation von Zahlen zu berücksichtigen? Denn, sagte einmal ein christlicher Manager, zwei Haare sind zwei Haare; auf dem Kopf wenig, in der Suppe jedoch viel.

Man kann sich ja auch im Licht schöner Zahlen sonnen und bequem die Hände in den Schoß legen. Oder sich vor seiner persönlichen Verantwortung angesichts schlechter Zahlen mit neidgetränkten Parolen und gehässigem Mobbing drücken, einen Sündenbock suchen, weil von der eigenen Verantwortung abgelenkt werden soll oder weil noch persönliche Rechnungen offen sind. Oder als Glücksritter mit zwielichtigen Methoden viel Geld verdienen und sich dann klammheimlich, ohne ein schlechtes Gewissen zu haben, vom Acker stehlen.

Gut, dass es „Adam Riese" gibt; er soll nicht von seinem Thron verscheucht werden, weil dann der eigene Untergang ohne korrektes Zählen droht. Er ist zu Recht mächtig, aber er darf nicht übermächtig, vergöttert werden. Denn ihm fehlt nicht selten die Größe, einen selbstkritischen und weiten sowie zugleich vertieften Blick in die Seele eines Menschen und die eines Unternehmens zu wagen.

Wer als Sanierer allein und immer schneller am Rad der Effizienz und der Zahlen dreht, verliert die Bodenhaftung eines ganzheitlichen Denkens. Veränderungen sind zwar eine immerwährende Aufgabe. Wer aber vergisst, bei allen notwendigen Effizienzbemühungen die Menschen mitzunehmen, zerstört ihre Motivation, die Kraft zur Identifikation und Innovation, die Freude und den Einsatz im Blick auf die Arbeit. Effektivitätswahn, der Zwang zur Selbst- und Daueroptimierung, schüttet das Kind mit dem Bade aus, schafft eine Macht- und Gehorsamskultur mit hierarchischer Struktur und verhindert eine Verantwortungs- und Dialogkultur mit einer wechselseitigen Wertschätzung sowie umfassenden und effektiven Leistungen.

Muss man sich die Haare raufen, um den Durchblick zu behalten? Was geschieht in der Zukunft? Werden alte Zöpfe abgeschnitten, um einen neuen Haarschnitt gestalten zu können? Und wer bestimmt, wann was modern oder alt ist? Wer verantwortet die neue Gestalt mit welchen Inhalten – vor der Vergangenheit in der Gegenwart – nach welchen Maßstäben?

3

Feine Ratschläge:
Neues Vertrauen durch Vier-Augen-Gespräche?

Miteinander reden, so wusste auch Andreas Klein, ist besser als nebeneinander her oder nur übereinander reden. Also besuchte er einzelne Aufsichtsratsmitglieder, um sie besser zu verstehen, Verständnis füreinander zu entwickeln und vielleicht sogar auch eine gemeinsame Verständigung anzubahnen.

Viele Konflikte, das hatte er in Managementseminaren und in seinem Berufsalltag gelernt, sind *Wahrnehmungs*konflikte. Es gibt immer unterschiedliche Sichtweisen auf ein und dieselbe Person oder ein und dasselbe Ereignis.

Das Verhalten eines Menschen am Kuchenbuffet des Lebens wird von unterschiedlichen Menschen unterschiedlich erlebt und gedeutet. Ist er gierig oder bescheiden, geizig oder sparsam, großzügig oder verschwenderisch, gleichgültig oder gerecht? Vielleicht eine Mischung?

Es geht eben nicht immer nur um knallharte *Verteilungs*konflikte: Wer bekommt welches Stück vom Kuchen, wenn der Kuchen selbst nicht vergrößert werden kann? Sondern auch um *Interessen*konflikte: Bekomme ich ein größeres Stück vom Kuchen, um eigene Macht und meinen Einfluss stärken oder vergrößern zu können? Oder um *Meinungs*konflikte: Wie wird die Qualität des Kuchens und des jeweiligen Kuchenstückes eingeschätzt? Oder *Beziehungs*konflikte: Mit welchem Stück Kuchen meine ich die größere Anerkennung und Wertschätzung zu bekommen? Oder aber *Macht*konflikte: Wer bestimmt darüber, dass der Kuchen aufgeteilt werden soll, wann und wie?

Solche oder ähnliche Konflikte können allerdings Streitlust und Zänkerei entfesseln und notwendige inhaltliche Auseinandersetzungen fesseln und verhindern. Andreas Klein erschien es nach der letzten Aufsichtsratssitzung wichtig, Vier-Augen-Gespräche an ruhigen Orten und in offener Atmosphäre zu führen.

Sein erster Gesprächspartner, der den Ruf hatte cool zu sein, in Wahrheit aber doch eiskalt sein konnte, wenn es um seine eigenen Belange ging, gab Hinweise, die ihm allerdings schon bekannt waren. Die Aktivitäten des Vorstandes sollten noch transparenter gemacht, Kooperationen mit anderen Häusern ernsthaft überprüft werden. Klein fragte ihn, ob er auch die Meinung eines Aufsichtsratsmitgliedes teile, dass Mitglieder des Vorstandes in den Sitzungen des Aufsichtsrates mehr schweigen und nicht auf persönliche Kritik eingehen sollten? Dazu sagte er zunächst nichts. Schüttelte dann aber bewusst und rege seinen Kopf. Andreas Klein, der für einen Augenblick die Luft anhielt, bedankte sich für diesen Ratschlag.

Der zweite Gesprächspartner wirkte äußerlich gelöst, war aber innerlich sehr verkrampft. Er nahm schließlich kein Blatt vor den

Mund. Da eine falsche Einschätzung des wirtschaftlichen Risikos durch den Finanzvorstand eine schlimme Überraschung für alle Aufsichtsratsmitglieder gewesen sei, gäbe es kein Vertrauen mehr zum ganzen Vorstand. Es müssten jetzt Konsequenzen gezogen werden. Eine Entschuldigung, die vom Finanzvorstand ausgesprochen worden war, würde nicht ausreichen. Frau Paula Meier sei offensichtlich überschätzt worden und in ihrer Arbeit überfordert.

Klein fragte ihn, ob er wolle, dass Köpfe rollten? Es gab keine Antwort. Aber die feurigen Augen des Aufsichtsratsmitgliedes sprachen Bände. Andreas Klein schieg für eine Weile, bedankte sich dann für diesen Ratschlag.

Ein dritter Gesprächspartner galt als kumpelhafter Typ. Wer ihn jedoch wirklich kannte wusste, dass er sehr nervig und aggressiv, manchmal auch cholerisch sein konnte, wenn ihm etwas nicht passte und wenn er selbst nicht im Mittelpunkt stand. Vor allem wenn nicht alle nach seiner Pfeife tanzten. Er verglich das kirchliche Unternehmen Samuel mit seinem weltlichen Institut, in dem er tätig war. „Bei uns wären angesichts dieser wirtschaftlichen Herausforderungen die verantwortlichen Akteure sofort entlassen worden", sagte er glasklar und blickte durch Andreas Klein hindurch, als wenn er gar nicht anwesend war. Ob eine direkte Kommunikation mit ihm in Zukunft möglich sei? Auch bei Rück- und Verständnisfragen lehnte er direkte Gespräche mit dem Vorstand rigoros ab, da auch in seinem

Institut der Dienstweg „stets" eingehalten werden müsse. Andreas Klein bedankte sich für diesen Ratschlag.

Als Felicitas Fromme, die an der letzten Sitzung des Aufsichtsrates nicht teilnehmen konnte, von den Vier-Augen-Gespräche des Vorstandsvorsitzenden erfuhr, war sie empört, weil „man" solche Gespräche sonst auch nicht führen würde. Als Andreas Klein ihr versuchte zu erläutern, dass es ihm um besseres Verstehen und besseres Verständnis und damit auch um neues Vertrauen gehe, damit eine konstruktiv-kritische Begleitung und wirksame Aufsicht des Vorstandes durch den Aufsichtsrat möglich würde, sagte sie: „Da gibt es doch Wichtigeres für den Vorsitzenden des Vorstandes zu tun." Und Andreas Klein bedankte sich auch für ihren Ratschlag.

Andreas Klein dachte über die Gespräche sowie über die „Ratschläge" nach – wie immer in metaphorischer Weise, die typische Art seiner seelischen Verarbeitung des Gehörten.

Ein Ratschlag kann befreien, wenn er als *leuchtende Taschenlampe* wahrgenommen wird, die die Dunkelheit erhellt und Wege begehbar macht. Aber ein Ratschlag schmerzt, wenn er als *hölzerner Hammer* Angst verbreitet und das Porzellan der sachlichen Auseinandersetzung auf Augenhöhe, das respektvolle Miteinander sowie gemeinsame Entwicklungsmöglichkeiten zerschlägt. Am besten man legt einen solchen Hammer aus der Hand, wünschte sich Andreas Klein, der in diesem Augenblick etwas blauäugig wirkte.

19

Doch man lacht oder weint über die Selbsttäuschung, Selbstlügen und Selbstgerechtigkeit der vielen „Ratgeber", die mit ihren „Ratschlägen" austeilen, wie mächtige und allwissende Könige daherkommen und auf ihre Untertanen von oben herabblicken. Oder die wie Retter in der Not mit ihren Scheinwerfern großer Worte und unantastbarer Zahlen daherkommen, die jedoch nur andere blenden und täuschen, indem sie von ihren eigentlichen Absichten ablenken und den kritischen Geist beängstigend überschatten.

Aber wichtig ist dann, dass man das Verhüllte enthüllt, selbst frei und unabhängig bleibt und versucht, das Gesetz des Handelns in der Hand zu behalten. Dass das Spiel der Spieler mit den vielen Spielchen und Tricksereien immer wieder neu durchschaut wird, damit gezinkte Karten abgelegt werden. Dass man vor allem Krisenhelfer an seiner Seite hat, die keine Krisenverursacher sind, sondern souveräne Befreier, die dazu beitragen, mit Wort und Tat faire Lösungen für das Ganze zu finden.

Und darauf hoffte Andreas Klein.

4

Vieldeutiger Traum:
Wirklichkeit von Morgen?

Andreas Klein, kein Gutmensch, aber auch kein Unmensch; kein netter Frühstücksdirektor, aber auch kein autoritärer Feudalherr. Was er zwischen diesen beiden Polen erlebte und durchlitt, aber auch manches Wirres und Unbegründetes sowie Schönes und Erhellendes, verarbeitete er nicht selten in seinen Träumen.

In einer Nacht träumte er von einer *Schildkröte*, die am langen Strand eines weiten und tiefen Meeres groß geworden war, nun aber auf dem Weg in eine andere, vielleicht auch bessere Welt war. Denn eine heile Welt gab es selbst in ihrer Heimat nicht.

Am Rande eines unbekannten Waldes traf sie ein scheues *Reh*, ein dickes *Schwein* und ein fleißiges *Huhn*. Sie freuten sich, als sie die Schildkröte sahen, sprachen sie an und sagten:

„Gut, dass du gekommen bist. Wir brauchen dich wegen deiner Panzerung. Die schenkt uns Vertrauen. Hier im Wald gibt es viele Wege, aber wenig Orientierung und Halt. Viele haben sich schon verlaufen." Und sie fügten noch hinzu: „Du musst jedoch aufpassen. Da lauern viele Gefahren. Aber hab keine Angst. Du bist nicht allein. Wir werden dir beistehen", tönten die drei frohen Mutes, verdrehten dabei jedoch ein wenig die Augen.

21

Die Schildkröte mit ihrer beeindruckenden Panzerung war dankbar für diese ermutigenden Worte, die ihrer Seele schmeichelten. Sie war neugierig auf etwas Neues und Unbekanntes. Langsam, aber gezielt, Schritt für Schritt, bewegte sie sich in den Wald hinein.

Da sich ihre großen Augen seitlich im Kopf befanden, hatte sie fast einen Rundumblick. Zunächst fielen ihr die vielen flinken *Hasen* auf, die wohl keine Zeit hatten, weil sie viel beschäftigt waren. Es gab auch einen *Vogel*, der den Kopf in den Sand steckte, und behauptete, dass es im Wald keine Bäume gebe.

Dann aber begegneten ihr im Dickicht des Waldes, etwas versteckt, unheimliche Gestalten. Ein geschickter *Zauberer*, der einem das Wort im Munde verdrehte. Eine wortmächtige *Hexe*, die keinen Widerspruch zuließ. Ein kluger *Troll*, der üble Gerüchte zu seinen eigenen Gunsten verbreitete. Ein schöner *Pfau*, der tatsächlich meinte, ein besseres Lebewesen zu sein. Ein netter *Rattenfänger*, der Süßholz raspelte und anderen Sand in die Augen streute, dem die Schildkröte aber am liebsten den Hals umgedreht hätte.

Die Schildkröte, die insgesamt zwar gutmütig wirkte, aber nicht zu unterschätzen war, rieb sich die Augen, zog dann ruckartig ihren Kopf ein und dachte nach. Vor ihrem inneren Auge tauchten das Schwein, das Huhn und das Reh wieder auf. Ob sie ihr das erklären, vielleicht ihr sogar helfen könnten?

„Ich muss fressen", sagte das Schwein.

„Und ich Eier legen", sagte das Huhn. Das Reh sagte nichts; es lief einfach schnell davon.

„Macht nichts. Ich schaffe es auch allein", tröstete sich die Schildkröte. „Ich habe ja meine feste Panzerung." und zog langsam auf steinigem Waldboden weiter. Manchmal konnte sie durch die Wand aus Bäumen den Himmel mit fedrigen und zerfaserten Wolken sehen. Und einen *Geier*, der seine Kreise zog, als wenn er auf etwas Besonderes wartete.

Es kam erneut zu Begegnungen. Die waren ihr allerdings nun wirklich unheimlich. Sie traf zum Beispiel eine lächelnde Frau, die wohl aus dem Gefühl eigener Minderwertigkeit und Bedeutungslosigkeit die Schildkrötenspuren auf dem Waldboden auszulöschen versuchte. Oder einen frommen Mann, der voller Neid und Gehässigkeit ihr das Weitergehen auf neuen Wegen erschwerte, weil er diese Wege selbst nicht gehen konnte oder wollte. Eine einflussreiche Person, die zunächst auf schleimige Art mit ihr egoistische Geschäfte machen wollte, dann aber sie zu vernichten trachtete, als sie bei ihr nicht landen konnte. Oder eine gescheiterte Persönlichkeit, die unter selbst erfahrenen Verletzungen litt, sie ihr aber einfach anlastete, um sich selbst zu entlasten.

Die Schildkröte schüttelte sich vor Unbehagen, aber weil ihre Panzerung stabil war, ließ sie sich nicht beirren. Doch sie sollte die destruktiven Mächte unterschätzen – die Macht der Heckenschützen mit ihrem gehässigen Kleingeist, die Macht der Könige mit ihren narzisstischen Größenphantasien, die Macht der Feudalherren mit ihrer arroganten Selbstgerechtigkeit, die Macht der Wasserträger mit ihren diffusen Ängsten, die Macht der Trittbrettfahrer mit ihrer versteckten Bequemlichkeit. Und sie wusste nicht, dass eine Gestalt zur Marionette der anderen Gestalt werden kann, ohne es selbst zu merken oder es merken zu wollen. Und sie ahnte nicht, dass Geier mit ihrem Ehrgeiz, ihrer Selbstsucht und Geltungssucht, nur auf ihre Gelegenheit warten, als Heilsbringer und Retter zu erscheinen.

Noch während die Schildkröte immer erregter wurde, ihre Gefühle und Bildfetzen durcheinanderwirbelten, erlebte sie ihr blaues Wunder. Ohne Ankündigung und ohne überhaupt eine Chance zu haben, sich wehren oder den Kopf einziehen zu können – also wie aus heiterem Himmel – landete sie – getragen von unsichtbaren Mächten – in einem großen Korb, der auf dem Waldboden stand. Und zahlreiche gierige Schlangen mit giftigen Blicken und gespaltenen Zungen kamen aus dem Unterholz, krochen in den Korb, fielen über sie her und fingen an, trotz ihrer Panzerung Blut aus ihr herauszusaugen.

Schweißgebadet erwachte Andreas Klein. Erschöpft rieb er sich die Augen. „Aber es war ja nur ein Traum", tröstete er sich. Und versuchte, die wirren Schrecken dieser Nacht so schnell wie möglich zu vergessen. Und sein Alltag sollte ihm zunächst dabei behilflich sein.

5

Notwendiger Kulturwandel:
Zukunft aus den Quellen der Vergangenheit?!

Mit einem Schwarzweißfernseher und einem Rückblick ist heute kaum jemand zu begeistern. Mit der Kenntnis der Geschichte, der Traditionen, der Rituale und der Kultur eines Unternehmens allein findet man keinen Weg in die Zukunft. Aber ohne diese Kenntnisse, ohne die Kenntnis der traditionellen Grammatik, versteht man auch nicht die spezifische Sprache eines Unternehmens, kann man keine nachhaltigen Identifikationsmöglichkeiten mit einem Unternehmen schaffen, Menschen für das Unternehmen gewinnen, sie binden und begeistern.

Zu Beginn der kirchlichen Stiftung Samuel, die vor über 150 Jahren von einem Pfarrer gegründet worden war, gab es die Sprache der Nächstenliebe mit einer biblisch-ethischen Grammatik. Die unternehmenspolitischen Pioniere, die im christlichen Glauben verwurzelt waren, wollten anderen Menschen, die in Not waren, helfen – wie sie es vom barmherzigen Samariter der Bibel gehört und gelernt hatten, möglichst ohne Vorurteile, menschlich und spontan, grenzen- und (fast) bedingungslos, persönlich und in Gemeinschaft, natürlich auch vernünftig.

Zur Grammatik dieser Sprache *universeller Liebe* gehörte ferner das Wissen, dass dem Glauben – auf Grund der *Dankbarkeit* Gott gegenüber – die liebende Tat folgt, dass dem Glauben – auch durch *Weisheit* – die Hilfsbereitschaft aus eigener Betroffenheit folgen kann, dass aber auch Glaube und Liebe eine untrennbare Einheit darstellen können: „Wenn wir im *Geist* leben, so lasst uns auch im Geist wandeln.".

Dieses biblische Wissen mit den persönlichen Glaubensgewissheiten und unternehmerischen Folgen lebendig, vor allem sprachfähig zu halten sowie erkennbar und erfahrbar zu machen, war nach der Unternehmensverfassung Samuels insbesondere eine wichtige Aufgabe des Theologen und Vorsitzenden des Vorstandes, aber auch aller anderen Vorstandsmitglieder.

Dass bei aller Liebe, bei aller Tradition und bei aller Fachlichkeit auch die Zahlen – die Ökonomie – stimmen müssen, war für alle Vorstandsmitglieder selbstverständlich, sozusagen *Conditio sine qua non*, eine unabdingbare Voraussetzung des diakonischen und sozialen sowie fachlichen Handelns. Aber dass die Wirtschaftlichkeit – und zwar unabhängig von einer kirchlichen oder nichtkirchlichen Trägerschaft – auch gefährdet ist, wenn die Kultur in einem Unternehmen oder in einer Organisation nicht stimmt oder zur Unkultur pervertiert bzw. zum Betrug wird – oder wenn falsche Anreize Risiken für Fehlanreize schaffen –, konnte jeder aufmerksame Zeitgefährte fast täglich in den Medien wahrnehmen.

Zum Beispiel im Blick auf Banken, die sich zu Zockerbuden entwickelt haben, und im Wettbewerb existentiell gefährdet sind, wenn sie Geldwäsche betreiben, Tricksereien mit Wechselkursen machen, Zinsen manipulieren oder mit ausfallgefährdeten Immobilienkrediten betrügen. Die Gier nach schnellen Gewinnen zerstört das Vertrauen, die Glaubwürdigkeit, die Handlungs-, Steuerungs- und Wettbewerbsfähigkeit und damit droht das Ende der Existenz. Auf Traumrenditen können dann Schadensersatzforderungen und Strafsummen in schwindelerregender Höhe folgen. Und das anvertraute Geld wird von diesen Strafzahlungen aufgezehrt.

Oder im Blick auf einzelne Krankenkassen, die im Wettbewerb untereinander stehen, und – wie Medien berichteten – Ärzten Anreize für die Manipulation von Abrechnungen geben, damit sie Patienten auf dem Papier noch kränker machen, um selbst noch mehr Geld zu bekommen. Und zwar aus dem Gesundheitsfonds, der alle Beiträge der Mitglieder und Arbeitgeber, der Zahlungen der Rentenversicherung und des Zuschusses aus dem Bundeshaushalt beinhaltet, und im Rahmen eines Risikostrukturausgleiches zwischen den Kassen den Kassen mit vielen kranken Mitgliedern mehr Geld gibt als denen mit vielen gesunden Versicherten. Auch in diesem Zusammenhang schwindet Vertrauen und damit wird auf Dauer auch die Wirtschaftlichkeit einer Kasse gefährdet. Denn wer möchte als Patient bei einer Kasse versichert sein, die indirekt für eine nicht korrekt dokumentierte Therapie verantwortlich ist? Und wer möchte dann die Folgen tragen, wenn andere Ärzte dieser Patientenakte vertrauen?

Mit Zahlen und Geld allein jedenfalls, so die Überzeugung des Vorstandes von Samuel, könne man in einem kirchlich gemeinnützigen Unternehmen die Motivation der Mitarbeiter nicht fördern. Die Quellen der Motivation seien vielmehr die Identifikation mit dem christlichen Leitbild, dem Dienst selbst, Freude im und am Dienst sowie gute, mitarbeiterfreundliche Arbeitsbedingungen und eine menschliche Atmosphäre.

Angestrebt wurde deshalb eine Vertrauens-, Verantwortungs- und Gesprächskultur sowie eine an den christlichen Werten orientierte Führung und Unternehmenspolitik. Und wenn sich im Schaufenster des Unternehmens die Marke Diakonie befindet, muss auch in dem Unternehmen selbst – sozusagen in seinem Inneren – Christliches und Menschliches wahrnehmbar und erlebbar sein, um keinen Etikettenschwindel zu betreiben, sondern glaubwürdig zu bleiben.

Regelmäßig wurden Gespräche des Vorstandes mit leitenden Mitarbeitern durchgeführt. Dazu zählten auch Gespräche mit den einzelnen Chefärzten der einzelnen Kliniken. Dabei ging es um wirtschaftliche, finanzielle, fachliche, personelle, konzeptionelle und strategische Fragen, um die Verabredung von Zielen, aber auch um die Kultur im Haus, die Kommunikation und das Verhalten, die interdisziplinäre Zusammenarbeit, die Fehlerkultur, das Ideen- und Vorschlagswesen, das Beschwerde- und Konfliktmanagement sowie um die Umsetzung des christlichen Leitbildes. In offener und vertrauensvoller Atmosphäre berichteten die einzelnen Chefärzte dem Vorstand, auch über ihre Erfahrungen.

„Unter den leitenden Ärzten gibt es eine nicht ausreichende Bereitschaft zum Gespräch", schilderte eine Chefärztin, die mit ihren rot gefärbten Haaren und ihrer Redegewandtheit wie eine Powerfrau wirkte. Die Kommunikation verlaufe häufig „im Sande"; jeder „schmore im eigenen Saft".

Etwas nervös und etwas verbittert klagte sie über ihre Kollegen in ihrem Team, das sie selbst führte, die „unterdurchschnittlich" engagiert seien, sich „nicht überarbeiteten" oder „schnell überfordert" seien; deshalb mache sie die Arbeiten lieber gleich selber. Eine Ärztin aus ihrem Team sei „fachlich einigermaßen" in Ordnung, aber sie spreche mit den Patienten „fast nie". Ein „spritziges dynamisches Team" fehle.

Als Andreas Klein sie fragte, wie sie denn zukünftig ihre Führungsverantwortung wahrnehmen könne und wolle, antwortete sie: „Es gibt zum Glück auch Kollegen, die viel Gutes leisten und die Defizite in der Gruppe ausgleichen." Verabredet wurde beim nächsten Gespräch konkrete Verbesserungsvorschläge zu besprechen, die sie bis dahin erarbeiten sollte.

Auch ein anderer Chefarzt, der gar nicht wie ein Halbgott in Weiß aussah, sondern eher wie ein Manager, sprach von „fehlender Kooperation" mit anderen Chefärzten sowie von „Schwächen" einzelner Kollegen in seiner Mannschaft, von dem fehlenden Willen zur Fort- und Weiterbildung sowie der Interessenlosigkeit und Gleichgültigkeit.

„Und was tun sie selbst zur Motivation ihrer Mitarbeiter?" fragte Andreas Klein. Er kenne keine Lösung, antwortete der Chefarzt. Verabredet wurde, dass er mit seinen Kollegen über konkrete Weiterbildungsmaßnahmen und über das Thema Coachen sprechen wird sowie die Kollegen konkret und gezielt begleitet, befähigt und fördert. Und dass er beim nächsten gemeinsamen Gespräch mit dem Vorstand darüber berichtet.

Aber auch diese Stimme gab es. Ein Chefarzt, der erst vor einigen Monaten gewählt worden war und gleichzeitig an einer Universität einen Lehrauftrag hatte, lobte seine Mitarbeiter, die „kontinuierlich gut" seien. Allerdings habe er bei Mitarbeitern seines Sekretariats „Wechselbäder der Gefühle". Bei einem Mitarbeiter der Verwaltung, der unsympathisch sei und nicht grüße, würde er den Kontakt möglichst meiden, weil dieser keine Probleme löse, sondern nur neue schaffe. Die Zusammenarbeit mit anderen Chefärzten könne besser sein; zu einem habe er „fast keinen Kontakt", dem anderen fehle „Empathie". Aber ein weiterer sei wegen seiner „kumpelhaften Art" einfach „erfrischend". Auch dieser Chefarzt wurde gebeten, Verbesserungsvorschläge zu erarbeiten, die dann bei der nächsten Besprechung erörtert werden sollten.

Es gebe „keine Probleme". Alle Kollegen seien „engagiert, kollegial sowie patientenorientiert", erläuterte stolz ein Chefarzt, der zum Urgestein des Krankenhauses gehörte. Nur, fügte er nach einer kurzen Pause hinzu, müsse die Kommunikation mit einweisenden Ärzten verbessert werden.

Und dann fiel ihm plötzlich noch etwas ein: Eine Ausnahme gebe es doch. Eine Chefarztkollegin, die zwar bei den Patienten einen sehr guten Ruf genieße, versuche ständig zu intrigieren und mache ihre Kollegen immer wieder schlecht, vor Mitarbeitern, aber auch vor Patienten. Manche ihrer Mitarbeiter müssten einen „rüden und zickigen Umgangston" erleiden. Sie hätten Angst, eine Beschwerde über ihre Chefin zu Papier zu bringen. Wie die Kommunikation mit einweisenden Ärzten verbessert werden kann, wurde als Thema eines besonderen Termins festgehalten. Bis dahin sollte ein Konzept erarbeitet werden.

Der letzte Gesprächspartner des Vorstandes war ein Chefarzt, der bei den Chefarztvertragsverhandlungen auf ein üppiges Salär sowie auf seine Personal- und Organisationshoheit bestanden hatte, der am Ende seiner rosigen Schilderung der wirtschaftlichen Situation seiner Klinik jedoch die Wichtigkeit des Kulturwandels auf den Punkt brachte: Eine wertschätzende, transparente und faire Kultur sowie das diakonische Profil, das Samuel von anderen Einrichtungen in Himmelspfort unterscheide, seien wichtige Erfolgsfaktoren und eine Eintrittskarte zum wirtschaftlichen Erfolg. Mit ihm wurde verabredet, dass er konkrete Vorstellungen mit seinem Team wegen des notwendigen Kulturwandels in seiner Klinik erarbeiten sollte.

Andreas Klein hatte gelernt: Ein Kulturwandel, die Selbst- und Weiterentwicklung einer Grundeinstellung sowie des Verhaltens mit Hilfe von Werten und Normen, braucht Zeit, Einsicht und Überzeugungsarbeit. Sowie glaubwürdige Vorbilder, da eine Treppe immer von oben gefegt wird. Wie und in welche Richtung gefegt werden soll, kann jedoch auch der Schatz der Vergangenheit, zum Beispiel der Schatz der biblischen Botschaft, verraten, der in der Gegenwart zum Beispiel mit Hilfe eines christlichen Leitbildes mit ethischen Standards gehoben und aktualisiert werden kann.

Und der durch gelebte Werte und gelebte Menschlichkeit im Geiste der biblischen Botschaft im Einklang mit ökonomischen Notwendigkeiten stehen kann und verantwortungsbewusst vermehrt wird.

6

Abschalten:

Um- und Abschalten im Fußballstadion?!

Auch Andreas Klein mochte den Lieblingssport der Deutschen und der Welt. Die schönste Nebensache auf der ganzen Welt erlebte er regelmäßig im Fußballstadion von Himmelspfort.

In seinem Freundeskreis gab es viele Fußballverächter des Profifußballes, mit denen er aber nur selten diskutierte. Verstehen konnte er ihre Argumente, aber sie hatten für ihn keine persönliche Bedeutung: Dass wahnwitzige Geldsummen beim Spielerwechsel in einen anderen Verein fließen. Dass Stadien günstiger sind als manche Profispieler, die in ihnen spielen. Dass gierige und korrupte Funktionäre ohne Schuldbewusstsein, aber mit Scheinheiligkeit offensichtlich ihre Geschäfte machen und an ihren Sesseln kleben. Dass selbstbewusste Spieler hochmütig werden und sich vom Geld kaufen und versklaven lassen. Dass manche Fans dem Fußballgott huldigen, mit fanatischer Affenliebe und vernebelter Heldenverehrung nicht selten über die Stränge schlagen, pöbeln und randalieren. Dass Lichtgestalten, wenn sie am Boden und im Staub liegen, neidisch, unbarmherzig sowie ohne Würdigung ihrer ganzen Leistungen getreten und in die Wüste geschickt werden.

Andreas Klein war aber auch kein Fußballromantiker, von kickenden Männern mit kurzen Hosen, vor allem von Torschützen verzückt, von dem Geschehen auf dem Rasen, vor allem bei Jubelszenen im Hexenkessel entrückt. Seinen Kopf hatte er nicht am Eingang zum Stadion abgegeben. Laute, aber eigentlich unfaire Sprechrufe und unberechenbares Tröten waren für ihn grenzwertig, aber zu tolerieren. Denn Vielstimmigkeit, die ausgehalten wird, gehörte für ihn zum Fußballerlebnis dazu. Sonst würde gähnende Langeweile über die Wechselbäder der Gefühle, die durch Anfeuerung und Raunen, Gesänge und Rufe, Pfiffe und Tränen zum Ausdruck kommen, triumphieren. Wenn keine Gefühle mehr in die Glieder fahren, bleiben diese regungslos. Deshalb wurde Andreas Klein im Fußballstadion nicht selten wie ein Kind, konnte sich spontan über eine besondere Leistung eines Spielers freuen, fühlte sich wie aufgehoben im donnernden Applaus der Zuschauer. Oder er wurde plötzlich ganz traurig, ja auch zornig, wenn in einer Zitterpartie ein Foul ein Tor verhinderte. Für ein paar Stunden am Wochenende war er gerne Teil einer Masse in der Sonderwelt, in der er mit Kopf kopflos die Sau rauslassen konnte, um den Alltag zu vergessen.

Auf einer Veranstaltung seines Rotary Clubs berichtete der Trainer seiner Heimatmannschaft vor allem von seiner Vision mit seiner „Schweiß- und Schicksalsgemeinschaft" in der Liga zu bleiben –, von seiner Mission – die Mannschaft mit Überzeugungskraft und Durchsetzungsvermögen erfolgreich zu führen –, besonders jedoch von seiner Personalpolitik.

Wie findet man gute Spieler? Und was sind gute Spieler? Der Trainer schilderte seine Auswahlkriterien: Neben der sportlichen Qualität gehöre dazu, dass ein neuer Spieler zur Mannschaft passe, flexibel einsetzbar und entwicklungsfähig sei. Dann folgte ein Gedanke, bei dem Andreas Klein aufhorchte:

„Wir brauchen Spieler, die kein Profigehabe an den Tag legen und nur nach dem Geld schielen, sondern die auch Herzblut haben und Feuer fangen, sich mit dem Verein, den Fans und der Stadt identifizieren können." Ohne solche Zugehörigkeitsgefühle – auch zur schönen Stadt Himmelspfort! – könne man auf Dauer keinen Erfolg haben, keinen kühlen Kopf auf der Erfolgswelle behalten, kein brennendes Herz entwickeln, wenn man ein Tal durchschreite.

Für manche Zuhörer, die untereinander noch vor dem Vortrag über die Marktmacht und das Kulturgut des Vereins, den Image- und Werbeträger, die „DNA der Stadt" sowie das „Identifikationsangebot für alle Schichten der Bevölkerung" hitzig und zugleich naseweis im kleinen Kreis diskutiert hatten, war diese Überzeugung wie eine Steilvorlage, weiter zu denken.

Ist Fußball nicht so etwas wie ein Spiegel des Lebens, ein Gemeinschaftserlebnis mit metaphysischer Kraft, das das Leben selbst in neunzig Minuten widerspiegelt? Mal leuchtende und klare, mal verblendete und verdrehte Augen – mal euphorisch über eine Aufholjagd sowie das Glück in letzter Minute – mal verärgert über ein Foul sowie eine vermeintlich falsche Entscheidung des

Schiedsrichters – mal erfreut über Fairplay und eine individuelle sportliche Leistung?

Andreas Klein wurde das Gefühl nicht los, dass es im Fußball nicht nur um Aufstieg und Abstieg, um einen guten Tabellenplatz, um Kopfbälle und Bodenkämpfe, um Eleganz und Entschlossenheit, um Können und Leistung, Glück und Pech geht, sondern wie im Leben sowie im Berufsalltag auch immer zugleich um Geld, Ruhm, Einfluss und Macht. Und wer hat das Sagen, wer bestimmt die Spielregeln, die Zusammensetzung der Mannschaft, wer den Kapitän, wer den Trainer, wer die Führung des Vereins – wer setzt sich im Unternehmen Samuel durch?

7
Begegnung:
Wer bezahlt die Rechnung?

Andreas Klein, gut genährt und kein Hungerhaken, auch keine Spaß-bremse mit heruntergezogenen Mundwinkeln und erhobenem Zeigefinger, war nicht lustfeindlich und zugeknöpft, aber auch kein Frauenheld. Er liebte seine Familie und seinen Beruf. Und überhaupt war er ein positiv denkender Mensch.

Zu seinen Vergnügungen gehörten der gemeinsame Besuch des Fußballstadions mit Freunden und die anschließende Currywurst am Bratwurststand unter freiem Himmel. Diese verschlang er un-gern, auch um seinen Mund nicht zu verbrennen. Wenn ein anderer nur schnell seinen Hunger mit (fast) immer dem gleichen Essen ab-arbeitete oder mit einer Salz- und Pfefferdusche den Eigengeschmack der Speise übertönte, schaute er lieber nicht hin. Er mochte, was das Essen anbelangt, keine gleichgültigen sowie gieri-gen Analphabeten, die zudem noch mit ihrem Nichtwissen sowie ihrer Unerfahrenheit auf gute Küche herabschauten. Und stolz auf ihre Geiz-ist-geil-Mentalität waren und sich in ihrer kleinbürgerli-chen Grau-in-Grau-Existenz bequem und selbstgefällig eingerichtet hatten. Er tolerierte zwar die Keine-Zeit-Selbstlüge im Blick auf ge-sunde Ernährung, aber nicht die Sucht nach niedrigen Preisen. Andreas Klein konnte sich mit Normalessern freuen, wenn sie berichteten, dass sie im Urlaub unkompliziert und interessiert neue Speisen kennengelernt hatten.

Was er nicht verstand, wenn Zeitgefährten jede Speise mit (fast) immer gleichem Genuss, mit gleicher Eile und gleicher Menge in den Rachen stopften und dabei noch glänzende Augen bekamen. Weil sie es geschafft hatten, gefüllt und gesättigt waren. Auch von Wohlstandsabstinenzlern, die den kulinarischen Genuss als vergiftete Leibspeise des Leibhaftigen ansahen und den Genuss am Schlemmen verteufelten, distanzierte sich Andreas Klein.

„Armer Reicher", dachte er, wenn ein unbelehrbarer und fanatischer Wohlstandsasket ihn bekehren und seinen gesunden Menschenverstand von Küche und Tisch vertreiben wollte. „Wenn du nicht anfängst auch mal zu genießen, wirst du selbst ungenießbar", dachte er. Aber er sagte nichts, sondern hörte sich den hysterischen Heilsversprecher nur weiter höflich an, der zum Beispiel das Fleischessen pauschal als Quelle allen Übels ansah und Verzicht und Auswahl forderte, um die Gesundheit, ja die Welt zu retten. Wenn dieser privilegierte Abstinenzler selbst medizinischen Mogelpackungen und einem Etikettenschwindel von Scheinaufklärern auf den Leim gegangen war, wurde es allerdings tragisch. Und Andreas Klein entwickelte Mitleid. Aber hatte er den Auftrag, Aufklärer aufzuklären? Dass es nicht selten eine Selbsttäuschung war, zur Ursprünglichkeit und Natürlichkeit zurückzukehren und nur einen

Kult der Künstlichkeit wie zum Beispiel Imitationen von Fleisch und Käse fördert?

Das Nadelöhr der Beurteilung eines guten Essens blieben für Andreas Klein eigene Kenntnisse und Erfahrungen, Erwartungen und Ansprüche, eigene Maßstäbe. Luxus war es jedenfalls nicht, die Produkte, die Küche, die Speise, den Service oder den Ort in den Focus der Überlegungen zu nehmen. Und nicht nur die Preise, die auch in Spitzenrestaurants moderat sein können. Andreas Klein, dessen Leitbild also der kulinarisch freie Bürger war, wollte wenigstens von Zeit zu Zeit auch ohne gut gemeinte Verbote und ohne ein schlechtes Gewissen haben zu müssen die Lebensfreuden genießen und auf genussvolle Tafelfreuden nicht verzichten. Denn wenn er – quasi mundgerecht gedacht – auf die Gabel verzichtete, um erst später den Löffel abzugeben, würde ihm dennoch das Wasser im Mund beim Denken an kulinarische Köstlichkeiten zusammenlaufen. Und er würde ein ohnehin befristetes und gefährdetes sowie dann noch langweiligeres Leben ertragen müssen. Ohne den Mund zu voll zu nehmen, aber auch ohne die Nase in den Wind des Zeitgeistes zu halten, ohne Dünkel vom richtigen und falschen Genuss suchte Andreas Klein die goldene Mitte; er war offen – manchmal sogar für Fastfood, besonders wenn seine Kinder ihm in den Ohren lagen; häufiger für gutbürgerliche Küche, wenn seine Frau wieder leckeren Eintopf gemacht hatte – auch für die Haute Cuisine mit ihrer Sensibilität und Komplexität, Qualität und Sinnlichkeit, wenn es etwas Besonderes zu feiern gab. Und seine Frau und er bewusst auf den Verzicht verzichteten, um gleichsam den Genuss auf der Zunge zergehen zu lassen und ein Paar glückliche Stunden zu erleben.

Nach einer längeren Pause besuchte Andreas Klein wieder eine bekannte und anerkannte Weinkneipe in seiner Stadt. Er war allein unterwegs, weil seine Frau zu einer Fortbildung war, er aber Abstand vom Stress des Tages gewinnen wollte, um bei einem edlen Tropfen über Gott und die Welt nachzudenken und um einfach zu genießen. In dem urigen Lokal standen riesige Weinfässer, in denen man es sich auf hölzernen Bänken und an den eingebauten Holztischen gemütlich machen und Spitzenweise trinken konnte. Bei flackerndem Kerzenlicht und dezenter Musik entwickelte sich eine einmalige Atmosphäre, die dem Weingenuss einen zusätzlichen Reiz gab. Auch konnten Gäste rustikale Kleinigkeiten aus der Regionalküche bestellen.

Als Andreas Klein lächelnd den Raum betrat, erschrak er: „Ach du liebe Zeit, die Ziege ist auch hier." Gemeint war keine flüchtige, wohl aber – zugegeben – gereifte Schönheit. Natürlich ließ er sich nichts anmerken. Freundlich grüßte er Felicitas Fromme, die allein in einem Fass saß und für ihn überraschend seinen Gruß mit einem treuherzigen Augenaufschlag erwiderte und ihr Weinglas hob. Warum er zu ihr ging, war ihm im Nachhinein nicht ganz klar. Er wollte wohl nichts falsch machen. Und vielleicht winkte ja der Himmel mit einem kulinarischen Zaunpfahl.

„Das ist ja eine schöne Überraschung, Sie hier anzutreffen", begann er den Smalltalk, den er als kultivierter Mensch im Alter von fast 60 Jahren beherrschte. Die Oberkirchenrätin i. R., auf den ersten Blick stets eine geistvolle und stilvolle Frau, antwortete schmunzelnd: „Für Sorgen sorgt das liebe Leben. Und Sorgenbrecher sind die Reben."

„Goethe", sagte Andreas Klein. Und Felicitas Fromme, die wohl schon ihr zweites Glas Chablis getrunken hatte, lud ihn spontan ein, in ihrem Weinfass Platz zu nehmen, da sie sonst niemanden erwarte, um gemeinsam auf den berühmten Goethe anzustoßen.

Andreas Klein konnte nicht Nein sagen. Warum auch? Wann hatte er schon mal die Gelegenheit, in so einer Atmosphäre des Friedens und der Freude mit der meckernden Ziege zusammen zu sein, die in Aufsichtsratssitzungen seine Widersprüche platt machten konnte, weil sie an den längeren Hebeln der Macht saß. Beide verkosteten an diesem Abend verschiedene Weine wie Grauburgunder und Riesling oder Nero d'Avolo, begleitet von passenden Käsesorten, darunter Ziegenfrischkäse, mit knusprigem Holzofenbrot sowie köstlichen Snacks wie den Bratapfel, der mit Honig gefüllt war. Alles drehte sich in ihrer kleinen Weinprobe um große Weine und sie geizten nicht mit ihrem Weinwissen sowie mit Weingenuss.

Beide Theologen hatten eine ästhetische Gemeinsamkeit gefunden und waren in ihrem Element. Mund- und Nasenbereich beider schienen sich mit zu freuen, wenn beim „Kauen" des Weines ähnliche faszinierende Entdeckungen gemacht wurden. Man sprach leidenschaftlich über das „Versickern" eines leidenschaftslosen Weines im Essen, über den „Alleingang" des Weines unabhängig vom Essen, aber auch über das „Oszillieren", das Wechselspiel des Weines mit dem Essen im Auf und Ab der Geschmacksreaktionen. Ein Höhepunkt ihrer gemeinsamen kulinarischen Entdeckungsreise war jedoch die geheimnisvolle „Explosion", wenn das Gehirn einen spektakulären Nachhall jenseits des Eigengeschmackes des Essens und des Weines meldete, die Unergründlichkeit und Einzigartigkeit des Genusses, pure Lebenslust. Scheinbar beiläufig wies nach zwei Stunden die Theologin auf Dionysos hin, den Weingott im antiken Griechenland sowie auf Hoffmann von Fallersleben, der Wein statt Bier zum Nationalgetränk gekürt habe. Von diesem Weinliebhaber stamme die Aussage:

„Der Wein ist eine verkörperte Idee der Liebe." Auch das war für Andreas Klein eine Steilvorlage, um Gemeinsamkeit zu „demonstrieren", weil er sich mit dem Dionysos der Griechen und dem Bacchus der Römer ebenfalls gut auskannte. Und beide sprachen freimutig und wissend von Vasen und Gemälden, die weintrinkende Frauen, die in Ekstase waren, und weintrinkende Männer, die kräftige Phalli hatten, zeigten. Der griechisch-römische Weingott, der Abstürze und

Triumphe, vor allem aber die göttliche Inkarnation ekstatischen Jubels kannte und von Satyrn, von wilden Männern mit Dauererrektionen, umschwärmt wurde, verzauberte offenbar seine Begleitung. Auch viele antike Künstler, die den Satyrn Eselsohren gaben, da diese neben den Stieren als Inbegriff von zügelloser Lüsternheit betrachtet wurden.

Je länger und häufiger beide Theologen bei diesem Thema dem edlen Tropfen zugesprochen hatten, desto menschlicher und sympathischer wurden sie sich. Vor dem inneren Auge von Andreas Klein verschwand immer mehr die besserwisserische Ziege. Und eine suchende Wölfin tauchte auf, die wild, frei, unverstellt und sensibel sein konnte, anziehend und begehrenswert. Er sah ihre großen, blauen Augen, deren Pupillen erweitert waren, ihre zarten langen Wimpern, im flackernden Kerzenlicht. Seine Augen entdeckten ihre leuchtend roten Lippen, ihren mittelgroßen Mund mit den strahlend weißen Zähnen, ihre rosa und gerade Nase, ihre Rouge geschminkten Wangen und gerieten immer mehr in den Bann scheinbar unwiderstehlicher Erotik. Wenn sie sich ein wenig nach vorne beugte, sah er ihre Brust als wenn sie ihn verführen wollte.

„Sie sind eine tolle Frau", sagte Andreas Klein als sich ihre Blicke trafen. Und erschrak dabei über sich selbst. Aber Felicitas Fromme lächelte ihn an, legte wie zufällig ihre rechte Hand auf den Tisch und ließ sie offen sowie einladend neben dem abgestellten Weinglas liegen. „Mein Mann ist für ein paar Tage auf Geschäftsreise.", hauchte Felicitas in sein Ohr „Wir können zu mir gehen.".

Andreas Klein zuckte zusammen. War sein spontanes Kompliment so (falsch) verstanden worden? Er liebte doch seine Frau. Blitzschnell tauchten die Bilder der letzten Liebesnacht mit ihr auf. Es war wieder ein entgrenzendes und berauschendes Erlebnis gewesen, ineinander und miteinander zu verschmelzen, glücklich Eins zu sein. Und vor allem trug ihn das Gefühl, dass seine Frau ihn ganz und unbedingt annahm, ohne Masken- und Theaterspiel. Keine Moral konnte ihre Liebeskunst stören, die sie über viele Jahre entwickelt hatten. Sollte er das alles, das Schöne, das Vertrauen, das Erlebte aufs Spiel setzen? Warum? Aber Andreas legte seine Hand in die offene Hand von Felicitas, schwieg, lächelte nur, intensivierte jedoch den Augenflirt.

Kann denn Begierde Sünde sein? fragte er sich. Und sein Leib wurde von einem Sturm der Wollust durchflutet. Ein unstillbarer Appetit nach Befriedigung seiner Gefühle war geweckt worden. Ich kann doch nicht immer alles Mögliche und Unmögliche durch den Fleischwolf der Ethik drehen?! Die moralisierende Erziehung, die er erlebt hatte und die häufig mit Schuldgefühlen einherging, hatte einen Preis, nämlich die unglückselige Grübelei. Doch warum sollte er nicht für einen spontanen Augenblick offen sein? Wann würde sich das Zeitfenster eines sexuellen Abenteuers wieder öffnen? Und dann noch mit dieser Frau, seiner Aufsichtsratsvorsitzenden?

Doch dann sagte er: „Ich bin glücklich verheiratet. Es ist besser, wir lassen das." „Es ist auch nur für diese eine Nacht. Du wirst viel Freude haben", versuchte sie ihn cool zu überzeugen. Doch er erwiderte leise, damit keine fremden Ohren diese Botschaft hören sollten: „Schöner als mit meiner Frau kann ich mir ein Liebesspiel nicht vorstellen." Und er nahm dabei seine Hand aus ihrer Hand.

Andreas Klein erntete, was er teilweise wohl selbst gesät hatte: Schallendes Gelächter, das in seine Glieder fuhr. Frau Oberkirchenrätin i. R. sprang wie eine Ziege, die gerade noch geschlafen hatte, ruckartig auf, und verabschiedete sich zickig und gekränkt: „Es war nur ein Scherz. Vergiss es." Und suchte ein wenig torkelnd den Ausgang des Weinlokals. Andreas Klein, der einen knallroten Kopf bekommen hatte, rief ihr noch hinterher:

„Ich übernehme selbstverständlich die Rechnung."

8

Schluss mit lustig:

Gruseliges in einem Menschen?!

Gefühle sind kein Trümmerhaufen der Verantwortung, wohl aber Türöffner für gegenseitiges Vertrauen und gemeinsames erfülltes Leben. Personen leben und arbeiten nicht ohne Gefühle. Man muss allerdings aufpassen, welche unsichtbaren Gespenster durch Vorder- und Hintertüren, Drehtüren und Türspalten unangemeldet auftauchen oder unbewusst eingeladen werden. Überall, in armseligen Hütten, aber auch auf bunten Marktplätzen, in stolzen Häusern und erfolgreichen Unternehmen, sowohl an Schmuddelorten als auch in Glitzerwelten können sie zu jeder Zeit ungefragt und gnadenlos ihr Unwesen treiben. Moderne Gespenster haben viele Gesichter und hausen in vielen Räumen, selbst in einer Person. Und schlüpfen in die verschiedenen Rollen einer Person, wenn diese einen Raumwechsel vollzieht.   Gespenster kommen und gehen, verstecken sich hinter einer Tür, um dann zu erschrecken. Sie tragen schöne Masken, um nicht erkannt zu werden. Auf engstem Raum können sie nebeneinander oder miteinander leben, sich gegenseitig ignorieren oder verbünden. Manche Gespenster tragen sogar seit langer Zeit einen Namen.

Superbia: *Hochmut*, das selbstsüchtige und abgehobene *Überlegenheitsgefühl*, das nicht sachlich begründet werden kann sowie soziale Kälte und menschliche Unnahbarkeit verbreitet, weil das Selbstwertgefühl und Einfühlungsvermögen verkümmert ist.

Avaritia: *Geiz*, die habsüchtige und nimmersatte *Gier*, die zwar verspottet und verhöhnt werden kann, den Geizkragen aber, dem sein gieriges Verhalten nicht bewusst ist, weil er sich gerne selbst täuscht, immer einsamer macht, weil arme Schlucker und andere nichts abbekommen.

Luxuria: *Wollust*, die sexsüchtige und ungehemmte *körperliche Macht*, die die Herrschaft über eine Person übernimmt und seine Persönlichkeit auflöst, weil das Veto-Recht des Kopfes keine Chance mehr hat und die Vernunft nicht vernünftig bleibt.

Ira: *Zorn*, die rachsüchtige und *unbeherrschte Kraft*, die Enttäuschungen und Verletzungen nicht verarbeiten kann, weil es im unkontrollierbaren Kessel der Gefühle brodelt und der Kessel ein Ventil braucht, um nicht zu explodieren.

Gula: *Völlerei*, die genusssüchtige und *maßlose Lust*, die immer haltloser wird sowie im Eiltempo die Vernunft minimiert und den Genuss maximiert, weil sie keine vernünftigen Grenzen und Bedingungen mehr kennt.

Invidia: *Neid*, der eifersüchtige und missgünstige *Ehr-Geiz*, um jeden Preis das zu haben, was man nicht hat, der zwar auch Motor für eigene Anstrengungen sein kann, aber häufiger Bremsklotz für

Leistungen anderer ist und das menschliche Klima durch ständiges Vergleichen vergiftet.

Accedia: *Faulheit,* die schlafsüchtige und *antriebslose Mentalität,* die abgestumpft ist und sich bequem im selbstgerechten Mief der eigenen vier Wände des Lebens eingerichtet hat.

Andere Gespenster machen allerdings noch mehr Kopfzerbrechen, weil sie nicht selten einen Giftcocktail mischen.

Die *Verlogenheit,* die sich als Friedenstaube getarnt hat, aber als Giftspritzerin wirkt und dabei mit Krokodilstränen ihre Hände in Unschuld wäscht.

Die *Bosheit,* die ohne zu unterscheiden verteufelt; die verdammt, ohne Beweise zu haben; die Existenzen zu vernichten versucht, ohne dem anderen eine Chance zu geben.

Die *Gleichgültigkeit,* die sich selbstgefällig, ängstlich und bequem vor der Verantwortung drückt, zum Beispiel auch angesichts von Hexenjagd und Hetzjagd.

Die *Arroganz,* die selbstverliebt sich selbst überschätzt und keinen Widerspruch duldet sowie Andersdenkende, Anderslebende und Andersseiende mit rümpfender Nase straft.

Vor allem existiert und agiert das diffuse und menschenverachtende Gespenst des *Ressentiments.* Es nutzt die Hintertür als Einfallstor, um eigene Verletzungen, Herabsetzungen, Demütigungen sowie Niederlagen einem unschuldigen Sündenbock mit Beschimpfungen und Anfeindungen aufzuladen, um ihn dann zur eigenen Entlastung in die Wüste zu jagen. Was nicht ausgetragen worden ist, wird in der Regel unbarmherzig, mit Verspätung und zu unterschiedlichen Anlässen, nachgetragen – und das nicht selten auf dem Rücken Sprachloser und Ohnmächtiger, die aus allen Wolken fallen, weil sie die biographische Vorgeschichte dieser gebildeten mit negativer Energie geladenen Bürger nicht kennen.

Wie aber soll man im Chaos der Gefühle mit den gruseligen Gespenstern umgehen? In Deckung gehen, sich einschüchtern lassen und unterwerfen, seine Würde und Freiheit aufgeben? Sie bekämpfen und verscheuchen? Sie einfangen und bändigen? Sie instrumentalisieren und nutzen? Ihnen einen Spiegel vorhalten, damit sie sich wiedererkennen können?

Was Andreas Klein nicht ahnte, nicht ahnen konnte, dass er selbst, ohne es zu wollen, viele Gespenster gerufen hatte, die nur auf ihre Chance warteten, ihr eigenes Ding zu machen und ihr Mützchen vor dem Hohlspiegel der Eitelkeit und Bedeutsamkeit zu putzen, ihm zu schaden, weil ihnen ihre eigene Macht zu Kopf gestiegen war und sie sich noch nicht mächtig genug fühlten.

Da war beispielsweise seine Vorstandskollegin und Psychologin Grete Habenichts, die ihr Ich im Verborgenen verherrlichte; eine hochnäsige Scheinintellektuelle, im Grunde einfach gestrickt, nicht selbstkritisch, aber immer so nett tat, als könne sie niemandem auf den Schlips treten. Wie eine diebische Elster klaute sie zusammen, was sie in fremden Nestern fand, und brüstete sich im Gewand der Bescheidenheit damit. Alle Erinnerungen an Personen, die nicht in ihr Weltbild passten, versuchte sie auszulöschen. Böse Blicke mit Münzautomatenlächeln ernteten alle, die anders als sie dachten. Vor allem – und das hatte Andreas Klein viel zu spät gehört und wahrgenommen – zerstörte sie gezielt und listig eine vertrauensvolle und offene Zusammenarbeit des Aufsichtsrates mit dem Vorstand, indem sie sich hinter seinem Rücken bei Aufsichtsratsmitgliedern über „fehlende Kollegialität" im Vorstand mit bloßen Andeutungen und Verdächtigungen beschwerte. Und auf Mitleid und Fürsorge setzte, insbesondere auf ihre Gehässigkeit, die sie „in Liebe" verpackt, säte.

Ihr angepasstes und aalglattes Lieb- und Frommsein war für einige Mächtigen des Aufsichtsrates ein gefundenes Fressen; ihre Mittelmäßigkeit, ihre Langeweile und ihr gespieltes Profil wurden zwar geduldet, aber sie selbst wurde nicht wirklich ernstgenommen. Vor allem übersah Grete Habenichts, dass sie das Wasser der Zusammenarbeit, das sie vergiftete, eines Tages selbst trinken musste.

Oder Dr. Friedrich Groß, der Jurist und Top-Manager einer großen Bank, der gerne die Vermögensverwaltung von Samuel übernommen hätte, aber den Zuschlag nicht erhielt, weil sein Institut, wie Andreas Klein ihm zu erklären versuchte, schlechtere Konditionen angeboten hatte als die Mitbewerber. Der mimosenhaft empfindlich war und wohl deshalb stets den starken Mann (immer noch) spielte und immer das letzte Wort behalten wollte.

Widerspruch war Majestätsbeleidigung; kritisches Nachfragen ein Zeichen des Misstrauens. Der als Jurist überraschenderweise die Grundsätze der Fairness und der Transparenz, der Unabhängigkeit und der Unparteilichkeit vergessen oder verdrängt hatte und stets ein offenes sowie wohlwollendes Ohr für Grete Habenichts zeigte, ohne anschließend auch die andere Seite zu hören, um sich eine eigene Meinung bilden zu können. Vor allem konnte der empfindliche Dr. Groß, der großen Wert auf seinen Titel legte, zornig werden, wenn nicht alle Vorstandsmitglieder nach seiner Pfeife tanzten. In eigener Sache war er demgegenüber gerne Richter. Und beherrschte das Spiel zwischen Recht und Interpretation – natürlich im Zweifel zu seinen Gunsten.

Oder Patricia König, die Elektrotechnikerin und ehemalige Top-Managerin eines großen Familienunternehmens, die bei jeder passenden oder unpassenden Gelegenheit betonte, dass sie Personalverantwortung in einem Produktionsbetrieb für viele Tausend Menschen gehabt hatte und jetzt genau wisse, wie man Mitarbeiter in einem Dienstleistungsunternehmen motiviere und führe. Sie wirkte dabei cool und war doch eiskalt. Man müsse Mitarbeiter mit Kennzahlen unter Druck setzen, damit die Effizienz gesteigert werden könne und die Ergebnisse stimmten. Die Hohepriesterin der Besserwisserei, wunderschön anzusehen, hatte jedoch in ihrem Unternehmen selbst keinen Erfolg, war jedenfalls mit einem goldenen Handschlag nach verlorenen internen

Machtkämpfen und nicht geheilten Verletzungen verabschiedet worden. Und suchte nun Prügelknaben, schlug auf jeden ein, den sie für schwächer oder weniger wert hielt, um ihre aufgestauten Aggressionen loszuwerden. Die Spinne, die gleichsam von ihrem Ort vertrieben war, hatte jetzt einen neuen Ort gefunden, an dem sie machthungrig Fäden knüpfte und fleißig Strippen zog. Dass es auch einen unsichtbaren Faden nach oben gibt, der etwas mit dem kirchlichen Auftrag von Samuel zu tun hatte, kam ihr und anderen Aufsichtsratsmitgliedern nicht in den Sinn. Und wenn, dann hätte sie ihn wohl am liebsten gleich abgeschnitten.

Schließlich die Vorsitzende des Aufsichtsrates Felicitas Fromme, die mit einem Geschäftsmann verheiratet war, der ihr gleichzeitig viele Ratschläge gab. Wie häufig musste sie von ihm hören, was Andreas Klein und der Vorstand alles falsch gemacht hatten, wenn sie ihm von den gemeinsamen Sitzungen des Aufsichtsrates mit dem Vorstand berichtete. Sie selbst und ihr Gatte waren zutiefst frustrierte Menschen, weil in ihren Gesprächen ständig ein Hauch von Neid wehte. Und immer wieder die gleichen quälenden und (un-)heimlichen Fragen, weil sie eigentlich nichts oder nur wenig mit Samuel zu tun hatten: Warum waren die Kinder von Andreas Klein erfolgreicher als die eigenen Kinder? Und warum war ausgerechnet dieser Theologe Klein und nicht ein alter Freund, der Gemeindepfarrer war, Leiter von Samuel geworden? Und überhaupt, was macht ein Theologe eigentlich an dieser Stelle? Dass lieber über die Frage nach der Stärkung des christlichen Profils in einem kirchlichen Unternehmen nachgedacht werden sollte, kam dem christlichen Ehepaar nicht in den Sinn.

Andreas Klein bewegte sich auf dünnem und brüchigem Eis. Musste er das Spiel der Gespenster mitspielen? Konnte er sich dem Spiel überhaupt entziehen? „Ich glaube nicht an Gespenster", hatte er zu seiner Frau gesagt, die eine gewisse Vorahnung hatte, weil sie zufällig einmal in die verlogene Sonderwelt von Grete Habenichts geraten war. Aber dieser Glaube an das Lamm im Wolfspelz und an das gespensterlose Gute im Menschen sollte sich rächen.

Es sollte ganz anders kommen, als sich das Andreas Klein gedacht hatte.

9

Vernünftige Liebe oder liebende Vernunft: Instrumente gegen Gespenster?!

Gespenster säen nicht nur *Gift*körner der Verdächtigungen, Lieblosigkeiten und Halbwahrheiten. Auch wenn ihre *Sand*körner schneeweiß sind, sollte sich niemand von ihren glänzenden Aktivitäten täuschen lassen. Gespenster selbst sind zwar nur unsichtbare *Staub*körner, „nur" Sand im Getriebe des freien Geistes, die der Wind der Zeit hier- und dorthin treibt. Dennoch sind Gespenster besonders gefährlich, weil sie *Samen*körner, die ihnen widersprechen oder Widerstand leisten und deshalb unbekannte und ungewollte Früchte bringen können, in Scheunen oder sakrale Räume zu verstecken versuchen, verbannen oder vernichten wollen. Und nicht selten ziehen sich Menschen, die wie Samenkörner wirken könnten, ausgebrannt und resigniert, in Frömmigkeitsgettos zurück, um nicht in ständige Konfrontation mit solchen Gespenstern geraten zu müssen.

Andreas Klein, für den Gottesliebe und Nächstenliebe ein Paar Schuhe waren, wollte mit Samenkörnern der biblischen Botschaft im Unternehmen Samuel präsent sein. Nicht schwärmerisch zu viel, aber auch nicht gleichgültig zu wenig. Nicht oberflächlich substanzlos, sondern theologisch verantwortbar. Nicht mit der Brechstange, mit dem moralischen Zeigefinger, mit einem Rezeptbuch oder mit der Faust in der Tasche, sondern gelassen und begründet, suchend und einladend. Denn ein persönliches Fromm- oder Neuwerden, davon war er überzeugt, muss man Gott selbst überlassen und sich auf seinen freien und befreienden, souveränen und lebendigen Geist verlassen. Dem Theologen Andreas Klein war auch das Predigen wichtig, weil nach seinem Selbstverständnis die Predigt zum Leitungsdienst dazugehörte. Als Anwalt seiner Hörer und der konkreten Situation sowie als ein Anwalt der Botschaft vom Reich Gottes versuchte er, gleichsam die Funkstille zwischen Gott und Mensch theologisch zu überwinden sowie alle seine Hörer einzuladen, im Stimmengewirr der Zeit der froh- und neumachenden Stimme Christi selbst Gehör zu schenken. Und kann eine Predigt nicht auch ein Stück Lebenshilfe und Lebenskraft, Lebensfreude und Lebenssinn für den (Berufs-)Alltag vermitteln und ermöglichen?! Ihm selbst ging es auf die Nerven, eine Moral- oder Bußpredigt anhören zu müssen, selbstgerecht belehrt oder selbstgewiss bevormundet zu werden. Langweilig wurde es ihm bei einer Predigt, die wie ein abgehobener religiöser Vortrag wirkte, der mehr oder weniger um sich selbst kreiste oder weltfremde Themen zum Inhalt hatte. Fromme Beleidigungen oder weltliche Anbiederei, politische Besserwisserei oder kulturelle Belanglosigkeiten waren ihm ein Greul. Der Prediger als erster Hörer der biblischen Botschaft sollte seiner Überzeugung nach vielmehr mutig wagen, im Menschenwort Gottes Wort hörbar und verstehbar werden zu lassen und dabei auf das Wirken des Geistes Gottes zu vertrauen. Klein wusste, dass das

Leben angesichts der vielen unsichtbaren Gespenster in einem Menschen und um einen Menschen herum so laut sprechen kann, dass Hörer die Botschaft des Boten nicht mehr hören können. Umso wichtiger war ihm bei aller Vorläufigkeit und Unvollkommenheit einer Predigt die persönliche Glaubwürdigkeit des Predigers.

Allerdings fragte sich Andreas Klein manchmal, ob ein biblisches Samenkorn wie die Liebe, verwurzelt in der Zeit und in einem Menschen, wirklich Frucht bewirken kann, etwas Positives, das dem Leben dient und weiterhilft? Hat die Liebe eine Chance zu wachsen oder ist sie nur ein schönes, aber letztlich leeres Wort angesichts der destruktiven Mächte der Finsternis im Verborgenen und in den Grauzonen des Lebens? Erntet die Macht der Liebe in ihrer Ohnmacht nicht allzu häufig Schmunzeln, Kopfschütteln, Gelächter oder einfach Ignoranz? Manchmal auch Aggressionen und Aversionen? Was kann die Liebe ausrichten, wenn der eigene Balken im Auge übersehen wird und nur der Splitter im Auge eines anderen von Interesse ist? Wird die Liebe als Dreh- und Angelpunkt einer Unternehmenstheologie sowie als dynamische Kraft in allen Dienstleistungen dann nicht von einer gespenstischen Droh- und Druckkulisse sowie Sachzwängen und Zahlen ausgebremst, isoliert und unterdrückt, vor sich hergetrieben und schließlich vertrieben?

Aber was ist *Liebe* überhaupt? Ein leeres Gefäß, in das jeder das hineintut, was er sich gerade denkt, was er just spürt, was in seinen

Kram passt? Wenn Liebe auch vernünftig, menschlich und glaubwürdig sein sollte, dachte Andreas Klein, dann ist sie keine heiße Luft, kein schönes Etikett und auch kein unbarmherziges Gesetz. Wenn ihre Quellen Vertrauen, Verantwortung und Leidenschaft sind, wird man sich dem Geheimnis der Liebe nicht per Tastendruck, sondern immer erst in ihrem Vollzug nähern. Liebe ist dann mehr als der Satz der Sätze „Ich liebe dich", da seine Wahrheit immer erst entdeckt, erfahren und erlebt wird. Sie erscheint dann wie ein unvollkommenes und komplexes Mosaik, nie fertig, sondern sie bleibt immer ein spannendes Abenteuer zweier Menschen. Die große Liebe gibt es wohl nur in kleinen Herzen zweier Menschen, die sich gemeinsam auf den Weg der Liebe gemacht haben.

Kleins Frau, die theologisch gebildet war und sich in die Gefühls- und Gedankenwelt ihres Mannes hineinversetzen konnte, musste bei solchen Aussagen, die sie häufiger hörte, nicht selten schmunzeln: „Ist das nicht wieder dein typisches Süßholzgeraspel, Andreas? Wo bleibt der Theologe?"

Und weil seine Kritikerin, mit der er gemeinsam viele Jahre in Liebe gereift war, Recht hatte, fing Andreas Klein an, sich erneut mit diesem Thema auseinanderzusetzen.

Andreas Klein war sich bewusst, dass allgemeine christliche Liebesappelle wenig bewegen. Erst persönliche Erfahrungen und Einsichten können wirklich etwas bewegen.

Ihm war auch klar, dass es für ein kirchliches Unternehmen schwer ist, qualifizierte und zugleich christlich motivierte und engagierte Christen für den Dienst am Menschen, mit dem Menschen und für den Menschen zu gewinnen. Deshalb entwickelte er ein *Ethos für alle*, eine ethische Werte- und Arbeitsgrundlage für Christen und Nichtchristen, als einen ersten Baustein auf dem Weg hin zu einem christlichen Leitbild.

„Ich verpflichte mich", heißt es in diesem Ethos,

„die *Würde* meines Mitmenschen so zu achten, wie ich selbst geachtet werden will, für die unverlierbare und unteilbare Würde aller Menschen einzutreten, sie zu verteidigen und zu ermöglichen.

Die *Freiheit* eines Mitmenschen so zu achten wie ich selbst unabhängig sein will, für die an Recht und Verantwortung gebundene Freiheit aller Menschen einzutreten, anders zu denken, zu fühlen, zu handeln, zu sein.

Gerecht zu sein, Lebenschancen für alle zu suchen, unterschiedliche Leistungen anzuerkennen, dem Schwächeren zu helfen, an die Folgen der Mit- und Nachwelt zu denken.

Menschlich zu sein, bei aller Verschiedenheit, Gegensätzlichkeit und Widersprüchlichkeit das Gesicht des anderen zu schützen und seine Seele nicht zu verletzen.

Wahrhaftig zu sein, bei aller Notwendigkeit Sein und Schein zum Ausgleich zu bringen, aufrichtig und glaubwürdig zu leben.

Tolerant zu sein, persönlichen Respekt in der inhaltlichen Auseinandersetzung zu zeigen, niemanden zu verunglimpfen, zu missachten oder feige zu schweigen.

Fair zu sein, mir eine eigene Meinung durch das Hören des anderen zu bilden und keine Vorurteile zu pflegen oder pauschal einen Menschen zu verurteilen.

Taktvoll zu sein, Rücksicht auf die Gefühle und persönliche Situation anderer zu nehmen und nicht selbstsüchtig oder gedankenlos die Seele anderer zu kränken.

Höflich zu sein, mit guten Umgangsformen menschliches Format zu zeigen und nicht durch Lautstärke oder Heuchelei die Wertschätzung zu zerstören.

Barmherzig zu bleiben, weil ich selbst auf Liebe und Versöhnung angewiesen bin, will ich selbst Neuanfänge, Kompromisse und Lösungen zu ermöglichen versuchen.

Für Andreas Klein waren solche Werte wichtig, weil sie halfen, Menschen miteinander zu verbinden, nicht zu fesseln; zu verbünden, nicht zu umgarnen; zu verändern, nicht zu verhärten. Und sie konnten Menschenfeindliches aufdecken und verhindern. Diese Werte sollten seiner Überzeugung nach nicht eingefroren und erst dann aufgetaut werden, wenn die Zeit reif sei. Sie waren für ihn mehr als eine schöne Verpackung. Diese Werte sollten als gemeinsame geistige Mitte des Unternehmens erkannt, (vor-)gelebt, verteidigt, offensiv und konsequent umgesetzt werden.

Beim Gedanken an Gespenster, an die er gar nicht glaubte, fuhr ihm dennoch ein existenzieller Schwindel in die Glieder, besonders wenn er sich mögliche Abgründe ausmalte. Sollte er dann nach oben schauen? Gott benennen, sich zu Gott bekennen? Mit Gott selbst, mit seinem Geist der Kraft, der Liebe und der Besonnenheit rechnen? Oder lieber kämpfen? Flüchten? Resignieren? Einfach die Klappe halten, damit andere Platz nehmen können?

Andreas Klein trank gerne Tee. Einmal erschrak er: Könnte es sein, dass sich die Liebe, das Vertrauen, die Verantwortung und Leidenschaft, im Alltag auflösen wie das Stück Zucker im Tee?!

10
Christliche Predigten:
Vergebliche Liebesmüh?!

Der Kirchenschlaf soll gesund sein. Aber noch gesünder ist wohl der Schlaf im eigenen Bett. Aber an einem besonderen Sonntagmorgen machten sich viele Gemeindeglieder auf den Weg, die Silberne Konfirmation in der Kirche der westfälischen Kleinstadt Friedensruh zu feiern. Andreas Klein, der dort Gemeindepfarrer gewesen war, bevor er mit seiner Familie nach Himmelspfort gezogen war, um die Leitung von Samuel zu übernehmen, hielt in der festlich geschmückten Kirche die Predigt. Da er seine Predigten immer frei hielt, wurde er gebeten, doch eine schriftliche Zusammenfassung zu machen und diese per Post oder per E-Mail allen Silbernen Konfirmanden und Interessierten zuzuschicken.

- -

„Gott ist Liebe und wer in der Liebe bleibt, der bleibt in Gott und Gott in ihm." 1. Joh 4,16

Liebe Konfirmandinnen und Konfirmanden, liebe Festgemeinde!

Im Fluss des Lebens ist alles im Fluss. Es scheint, als wenn uns immer schnellere und immer neuere Wellen begegnen.

Viele fragen sich: Sind diese Wellen beherrschbar? Wie sind sie beherrschbar?

Und viele sehnen sich nach einer überschaubaren Flusswelt, nach Halt und Orientierung, nach einfachen Lösungen.

Und wir? Ein Gottesdienst bietet die Möglichkeit, zur Ruhe zu kommen, über den Fluss des Lebens und vielleicht auch über eine persönliche Kursänderung nachzudenken.

Im Fluss des Lebens können viele Fische entdeckt werden, bekannte und unbekannte, unheimliche und ekelige Monsterfische, aber auch traumhaft schöne Zierfische, ein breites Spektrum eben. Manchmal sieht man auch eine Flaschenpost, die friedlich daher dümpelt oder einfach vorbeischwimmt.

Eines Tages begegnen sich im Fluss zwei Raubfische und ein Goldfisch. Der Goldfisch fragt die Raubfische: „Wie findet ihr das Wasser?" Die Raubfische, eigentlich mit sich selbst und der nächsten Beute beschäftigt, ignorieren jedoch seine Frage und schwimmen einfach weiter. Doch ein Raubfisch wurmt die Frage des Goldfisches. Nach einer bestimmten Zeit fragt er seinen Kollegen: „Sag mal, was meint der Traumtänzer mit „Wasser"?"

Heute Morgen beschäftigt ihr Silbernen Konfirmanden euch zunächst nicht mit dem Thema „Wasser", sondern mit ganz anderen Fragen: Werde ich einen Mitkonfirmanden nach 25 Jahren wiedererkennen? Werde ich selbst wiedererkannt? Wer hat sich wie – und vielleicht auch warum – so verändert? Welche unterschied-lichen Erinnerungen an die Konfirmationszeit gibt es? Und dann sind da noch die großen Lebensthemen angesichts der Rush-Hour des Lebens: Was machst du beruflich? Bist du verheiratet? Hast du Kinder? Wo wohnst du? Und vieles mehr.

Alle Erfahrungen können allein aus Zeitmangel nicht beim Kaffeetrinken nach dem Gottesdienst berichtet werden, vielleicht aber später bei einem Besuch in den eigenen vier Wänden, zum Beispiel:

Dass im Berufsleben, wenn man die Karriereleiter erklimmen will, zum Beispiel Wissen und Können, Einsatz und Fleiß, ein Stück Selbstvermarktung dazu gehören, aber auch das Glück, den richtigen Türöffner und Förderer am richtigen Ort und zum richtigen Zeitpunkt zu haben.

Dass die Höhe des Gehaltes allein nicht glücklich macht. Dass die Unternehmenskultur ein Motivationstreiber ist, wenn man eigenständig und eigenverantwortlich arbeiten darf, Sinn und Anerkennung in seiner Arbeit findet und Freude an Heraus-forderungen hat. Aber die Unternehmenskultur ist ein Motivationskiller, wenn man Drill, Kontrolle und Druck erfährt und ständig in der Angst lebt, nicht optimal zu funktionieren und seinen Arbeitsplatz bei einem Fehler zu verlieren.

Dass es Mogelpackungen gibt, wenn in Sonntagsreden zwar von einer notwendigen Kultur des Vertrauens und der Verantwortung gesprochen wird, im Alltag des Betriebes jedoch eine Kultur des Gehorsams und der Anpassung erwartet wird.

Dass häufig das Gefühl aufkommen kann, angesichts der Digitalisierung sowie der ständigen Veränderungen nicht Schritt halten zu können.

Dass es bei der Suche nach einem Lebenspartner Schmetterlings-gefühle gab, die Amor mit seinem Pfeil erzeugt hatte, indem er das Herz traf und den Kopf verdrehte. Dass aus einem Geliebten ein liebender Mensch geworden ist, den man gerne einem Märchenprinzen oder einer Traumfrau, einem großem Bankkonto, einem schönen Schmuckstück oder einem gesellschaftlichem Status vorzieht, weil man mit ihm zusammen glücklich ist und bleiben will.

Oder dass es eine Vertreibung aus dem Paradies gab, eine Bruchlandung, eine Enttäuschung, die im besten Fall eine Befreiung von einer

Täuschung war. Dass gereifte Neuanfänge mit vielen neuen Anfängen zum Leben dazugehören.

Und dass manche immer noch auf der Suche nach einem perfekten Menschen ohne Fehler und Schwächen sind, der einen bedingungslos und unendlich liebt, den man aber nicht finden kann, weil er (doch) nicht existiert.

Eine besondere Herausforderung ist es, wenn wir einem „Smombie" begegnen, eine Mischung aus Smartphone und Zombie, der sich psychisch und physisch eingeigelt hat, fast unnahbar ist, vor allem wegen seiner Angst, Wichtiges, Dringliches und Aktuelles zu verpassen, und als Getriebener ungenießbar wirkt.

Hilft dem „Smombie" die Weisheit, die man manchmal in Berlin hört? „Mensch, geh in Dir!" Und die dann von einem „Smombie" mit den Worten beantwortet worden ist: „War ick schon, is och nicht's los."

Wer jedoch etwas Spannendes und Bewegendes erleben will, sollte die Flaschenpost nicht übersehen oder ignorieren. Ihr Etikett sowie ihre Form sind nicht entscheidend, wohl aber die Botschaft in der Flasche, die die Flaschenpost weitergeben möchte: „Gott ist Liebe." Gott steht nicht für ein ausgetrocknetes Flussbett, auch nicht für eine langweilige Flaute, aber auch nicht für Flutwellen, die zerstören und vernichten.

Gott ist eher zu vergleichen mit lebendigem Wasser, das Leben schafft, erhält und erneuert sowie bewegtes Leben in Bewegung bringt – und zwar in Richtung neues Leben und umfassende Liebe. Ohne dieses geschenkte und unverdiente Wasser gäbe es keinen Fluss, ohne den liebenden und sinnstiftenden Gott kein Leben, von dem die Menschen kommen, von dem und in dem sie leben und zu dem sie eines Tages zurückkehren.

Doch dieses Wasser ist zunächst unsichtbar und anonym. Erst seit Jesus Christus hat das Wasser einen Namen und Menschen können in diesem Namen in der froh- und neumachenden Gewissheit leben: Der gestorbene Jesus als der auferstandene Christus. Sein Vater, auch unser Vater, ist die *Quelle allen Lebens*. Aus dieser Quelle können alle Menschen schöpfen:
Begründetes *Vertrauen*, weil Gott sein Geschöpf bedingungslos annimmt, seinem Geschöpf grenzenlose Geborgenheit und letzten Sinn schenkt.
Die Kraft zur *Verantwortung*, weil Gott möchte, dass sein Ebenbild mit einer unverlierbaren Würde den Fluss des Lebens nicht vergiftet, sondern ihn achtet, bewahrt und erneuert, verantwortungsbewusst gestaltet.

Leidenschaft, weil Gottes liebender Geist den Menschen bewegt, diese befreiende und freie Liebe mit Kopf und Herz weiterzugeben, wo es notwendig und möglich ist.

Aber im Fluss des Lebens gibt es verschiedene Flussgeister. Manche flüstern oder tönen: Wasser?! Ich kann es nicht sehen, also gibt es kein Wasser! Gott?! Auch den kann ich nicht sehen.

Doch ein Gottvertrauender kann Gott im Geist Jesu Christi erfahren. Nicht nur dort, wo er als Gott benannt wird oder wo Menschen sich zu ihm bekennen. Sondern vor allem wo mit ihm gesprochen und in seinem Geiste gelebt wird. Wo der Botschaft im Fluss des komplexen Lebens vertraut wird: „Gott ist Liebe und wer in der Liebe bleibt, der bleibt in Gott und Gott in ihm." Denn Geliebte können als Liebende verantwortungsbewusster und versöhnungsbereiter leben – vor Gott, der Mit- und Nachwelt. Weil sie göttliche Barmherzigkeit erfahren haben, können sie barmherzig sein und sich für mehr Freiheit und Gerechtigkeit, für ein Leben in Liebe und Vernunft einsetzen.

Amen.

- -

Ein Hauch von *Minden-Ravensberger Erweckungsbewegung*, von der Andreas Klein in seiner Jugendzeit geprägt worden war, wehte wieder durch seine Predigt. Diese *evangelische Volks- und Frömmigkeitsbewegung* vor allem in Ostwestfalen, die in der ersten Hälfte des 19. Jahrhunderts ihren Höhepunkt hatte, wirkte über die Region hinaus und hatte bis in die Gegenwart eine geistig-geistliche sowie diakonische Anziehungs- und Ausstrahlungskraft behalten. Als *biblisch orientierte Glaubens- und Lebensbewegung* zielte sie auf die persönliche Bekehrung des Einzelnen, auf seine Umkehr zur geistiggeistlichen Erneuerung sowie seine Abkehr von weltlichen Werten wie Tanz und Kartenspiel. Sie wirkte durch Erbauungskreise, Posaunenchöre, Missionsfeste, Jünglingskreise und Erbauungs-schrifttum. Bis heute stellt sie eine christliche Herausforderung im Blick auf die Glaubwürdigkeit der Einheit von Glaube und Leben, von Wort und Tat, von Freiheit und Verantwortung dar. Als *Diakoniebewegung* führte sie zur Gründung von sogenannten Rettungsanstalten für verwahrloste Jugendliche, zur Gründung diakonischer Einrichtungen wie Bethel im Jahr 1867 sowie zu Pflegehäusern für alte Menschen.

Andreas Klein hatte in seiner Kindheit und Jugendzeit erweckliche Predigten gehört, die vor allem das Leben des Einzelnen ändern sollten. Geblieben war ihm die Hoffnung, dass es auch heute noch in einer Predigt und im Gottesdienst eine letztlich unbegreifliche Kraft gibt, die im Moment der Predigt durch das Vertrauen in diese Kraft Köpfe und Hörer verändert, und aus sich selbst heraus menschen- und weltverändernde Kreise im Fluss des Lebens zieht.

Aber was ist, wenn sich Menschen beim Hören einer Predigt so verhalten wie die Frau, die mit geschlossenen Augen und Ohren durch den Wald geht und anschließend behauptet „Es gibt keine Bäume!"? Keine Bäume mit Wurzeln, Ästen, Blättern und Früchte, die Schutz und Sicherheit, Halt und Kraft geben, Leben ermöglichen, erhalten und erneuern helfen? Die keine singenden Vögel hört, weil sie sich die Ohren zuhält, um nur nicht auf „neue Ideen" zu kommen?

Und wenn eine Predigt, obwohl sie in der biblischen Botschaft und in der Zeit verwurzelt ist, im Boden des Alltags kraftlos versickert oder erst gar nicht von der Oberfläche in die Tiefe gelangt? Wenn sie als Liebeserklärung Gottes an den Menschen auf taube Ohren stößt?

Wird dann der Prediger zum Rufer in der Wüste? Oder in die Wüste geschickt?

11

Ein süßes Geheimnis:

Mit bitteren Folgen?

Es war ein süßes Geheimnis. Allerdings mit ungeahnten und bitteren Folgen für Andreas Klein. Die Vorsitzende des Aufsichtsrates und ein Aufsichtsratsmitglied hatten ein Verhältnis. Beide waren schon lange verheiratet. Sie hatte keinen Traummann, aber auch keinen verklemmten Spießer geheiratet; er keine Traumfrau, aber auch kein braves Kuschelweibchen. Ihre jeweilige Ehe war vor allem durch berechnende Vernunft geprägt; das gefüllte Bankkonto, der gesellschaftliche Status und die gute Herkunftsfamilie hatten eine große Rolle bei ihrer Partnerwahl gespielt. Große Liebe hatten sie erst gar nicht vorgetäuscht.

Für Felicitas Fromme und für Friedrich Groß war das Thema Treue (fast) durch: Warum sollte sie wie ein Seepferdchen zeitlebens sexuell treu bleiben, wenn sie sich auf die soziale Treue ihres Ehemannes verlassen konnte? Und warum sollte er keinen Kurzurlaub von der Ehe machen, um seine Ehe zu stabilisieren? Gewissensbisse hatten sie nur selten. Überhaupt war das Gewissen für sie nur ein Spaßverderber, der wie ein pingeliger Polizist auf die Einhaltung moralischer Konventionen achtete. Um ihr Seelenleben im Einklang zu halten, machten sie sich schon mal lustig über das Gewissen, über den erfolglosen Staatsanwalt, der mit moralischer

Haft drohte. Oder über den erfolglosen Richter, der ihr Handeln wegen ihres Vertrauensbruches ihren Ehepartnern gegenüber unbarmherzig, aber erfolglos verurteilen wollte. Ihre Lebensphilosophie, die dem Gewissen Paroli bot, lautete, so verantwortungsbewusst wie nötig und so ichbezogen wie möglich zu leben.

Überraschend war, dass auch die Theologin Fromme in diesem Zusammenhang kein Interesse an ethischen Fragen hatte. Ob sie nun ein Objekt der Begierde war oder ob die Begierde selbst sie trieb? Wen beschäftigte das?! Ihren Mann oder ihre Kinder, die von nichts wussten und nichts wissen sollten? Hatte sie nicht ein Recht, neugierig auf das Abenteuer der Begierde zu sein, auf das spannende Spiel mit dem Feuer? Sollten ihre Gefühle hinter dem Ofen der wärmenden Moral sitzenbleiben und zu langweiligen Stubenhockern werden? Sollte sie ihre Gefühle hinter der Maske geordneter bürgerlicher Verhältnisse verstecken, sie nur in ihrer Phantasie und ihren Träumen ausleben? Gehörten ihre Gefühle etwa in den verschließbaren Keller existenzieller Einsamkeit, um dort eingesperrt zu verkümmern? Wenn es im Fass ihres Leibes brodelte, die Gefühle der Begierden sich meldeten, immer mehr überzuschäumen drohten und über sie Macht gewannen?

Beide, Felicitas und Friedrich, begaben sich auf das emotionale Minenfeld mit der Hitze, die natürlich auch erkalten kann. Mit dem Rausch durch Hitzewallungen, dem manchmal die Ernüchterung sowie Heulkrämpfe folgen können. Mit dem Getöse, das sich plötzlich in eine unheimliche Stille verwandelt.

Beide genossen jedenfalls immer wieder ihre Sexspiele ohne moralischen Leinenzwang, den Gleichklang der Körperbewegungen, sich hinzugeben, dahin zu schmelzen, eine angenehme Wärme zu verspüren, von Einmaligkeitsgefühlen durchflutet zu werden und den Rest der Welt mit ihren Problemen zu vergessen. Ihre Augen waren aufgerissen, ihre Münder leicht geöffnet, wenn sie neue faszinierende Gefühle der Lust in ihren Körpern und mit den Körpern entdeckten.

Beide waren stark und schwach zugleich. Stark, weil sie ihre Lust befriedigen wollten, ohne Sklave ihrer Lust zu werden. Schwach, weil sie von der Lust nicht lassen konnten, weil die Lust den Kopf immer mehr regierte, benebelte und ausschaltete. Sie „mussten" sich regelmäßig heimlich treffen, um die Praline der Lust zu genießen. Ihre unersättlichen und gierigen Körper sehnten sich nach dem Gefühlstaumel, der sie gefangen hielt.

Wieder einmal war die Leidenschaft befriedigt. Zufrieden lagen sie sich in den Armen. Aber dieses Mal gab es ein ungewöhnliches Gespräch.

„Was denkst Du eigentlich von Klein?" fragte Groß seine Geliebte, als wenn er die Antwort schon kennen würde. „Nichts!" antwortete sie ein wenig gereizt. Sie dachte kurz an den Weinabend mit Andreas Klein, schluckte und ergänzte:

„Grete Habenichts hat sich übrigens bei mir auch schon über ihn beklagt."

„Wir müssen ihn und seinen Vorstand unbedingt loswerden." fuhr Groß fort. Und dann erläuterte er mit geschwollener Brust seine Ideen. Um den Vorstand zu isolieren und die übrigen Kollegen im Aufsichtsrat mitzunehmen, müsse der Aufsichtsrat ohne Vorstand tagen.

„Aber nach der Satzung der Stiftung ist der Vorstand Teil des Aufsichtsrates", gab Fromme zu bedenken.

„Kein Problem. Wir tagen nicht im Unternehmen, sondern ohne Wissen des Vorstandes an einem anderen Ort. Die Satzung kann einfach ignoriert werden. Wo kein Kläger ist, da gibt es auch keine Richter", sagte Groß selbstbewusst, um dann schmunzelnd fortzufahren: „Du selbst musst mit deinem Charme Kontakt zu dem Aufsichtsratsvorsitzenden des Unternehmens Hirte aufnehmen. Ziel muss eine Fusion beider Unternehmen sein, das ist das Beste für alle. Hirte hat die Kompetenz und das Geld. Samuel hat nur die alte Marke, die eigentlich überflüssig ist, aber noch gebraucht wird". In den Augen von Felicitas Fromme schimmerte etwas Unheimliches auf. „Wie willst Du das hinbekommen?"

„Zunächst müssen wir Klein weiter entmachten. Der hat immer noch viel zu viel Macht, will die Unabhängigkeit des Unternehmens behalten und ist gegen Fusionen. Dann muss Samuel zerschlagen werden, indem wir GmbHs daraus machen."

„Nicht schlecht." Und sie trank aus ihrem Glas genüsslich einen großen Schluck Sekt, wohl um ihre letzte Verkrampfung loszuwerden.

„Schrittweise müssen wir vorgehen. Die Organschaft des Vorstandes muss weg. Der Vorstandsvorsitzende soll zunächst nur noch repräsentieren. Der Finanzvorstand wird mit mehr Aufgaben betreut, um uns später, wenn wir Klein los sind, auch von ihm zu trennen".

„Klingt mutig. Aber Klein ist bei vielen Mitarbeitern beliebt sowie ein unabhängiger und kritischer Geist. Viele sind ihm dankbar, dass er sie ernstnimmt, ihr eigenständiges Denken fördert und sie persönlich wertschätzt. Und in der breiten Öffentlichkeit ist er auch bekannt und anerkannt als das Gesicht von Samuel."

„Das nervt gerade. Der redet vom diakonischen Profil und vergisst die Ökonomie. In der Öffentlichkeit werden wir sein Lebenswerk weiterhin würdigen. Aber seine Person wickeln wir still und lautlos ab, wie das bei unserer Bank üblich ist."

„Wie das denn?"

„Da habe ich schon eine Idee. Ich kenne einen Gutachter, der die Stimmen der leitenden Ärzte zusammentragen kann, die Klein kritisch sehen. Dann haben wir Munition. Und den Mitarbeitern erzählen wir, dass wir Samuel durch eine Kooperation mit Hirte angesichts schlechter wirtschaftlicher Verhältnisse retten wollen."

„Aber werden alle Kollegen im Aufsichtsrat mit uns an einem Strang ziehen?"

„Ich habe bereits das Feld bereitet und mit den meisten Kollegen über die wirtschaftlichen Verhältnisse von Samuel gesprochen. Die Kollegen werden diesen Plan abnicken, wenn wir alles als Rettungsaktion darstellen. Und wenn wir die Beschlüsse ohne die Anwesenheit des Vorstandes fassen, gibt es auch keinen Widerspruch."

„Meinst du das wirklich?" zweifelte die Oberkirchenrätin i. R., die wusste, was die Kollegen im Aufsichtsrat auch wussten, dass die wirtschaftliche Situation von Samuel gar nicht so übel war.

Doch der Banker, dem immer mehr Blut ins Gesicht schoss, ließ nicht locker. Mit wenigen spitzen sowie herablassenden Sätzen, galant im Nebel von Vermutungen verpackt, beruhigte er die Theologin.

Der eine Kollege des Aufsichtsrates sei „so fromm", dass er das Spiel nicht durchschaue und die Schachzüge nicht verstehe. Der andere „so einfach gestrickt", dass er Klein nicht mag, weil der einer Partei angehöre, die nicht in sein Schwarz-Weiß-Weltbild passe. Wieder ein anderer „so rachsüchtig" gegenüber Klein, weil es noch eine offene Rechnung wegen eines abgelehnten Arztes aus seinem Freundeskreis gebe. Und einer sei „so befreundet" mit ihm, dass er den Mund halten werde. Vor allem sei ja das Argument „Es geht um die Zukunft von Samuel" alternativlos. Wer dem nicht zustimme, trage später eine Verantwortung für ein mögliches Scheitern von Samuel. Und wer aus dieser Angst zustimme, könne sich noch als Retter in der Not feiern lassen. Dieses Argument würde auch der Aufsicht, der kirchlichen Behörde, gefallen, die schon deshalb nicht aufmucke, weil ihr Führungspersonal selbst im Aufsichtsrat von Hirte „so gut vernetzt" sei, und sie andere Probleme in ihrer Kirchenwelt hätte. Und Hirte habe sicherlich mit Samuel in seinem Portfolio Vorteile.

Beide lachten und schäkerten bei Sekt und Kaviar und machten sich über die mächtigen Machtlosen, über die Kollegen im Aufsichtsrat, über die Bauern im Schachspiel der Macht, lustig. Felicitas Fromme, die vor ihrem inneren Auge einmal kurz Andreas Klein im Weinlokal sah, sagte dann noch fasziniert erschrocken:

„Ok. Wir versuchen es. So machen wird das."

Beide atmeten tief durch. Ihre Augen spiegelten düster wirkende Machtgefühle wider. Ihre versteinerten Herzen zeigten keine Brüche. Vor dem Spiegel verletzter Eitelkeiten suchten sie Vergeltung. Die Macht als Aufsichtsräte war ihnen zu Kopf gestiegen und hatte ihren Geist verdunkelt. Und was im Kopfkino zweier Liebender begann, war auf dem Weg, Spuren eines zerstörerischen Virus in einem kirchlichen Unternehmen zu hinterlassen.

Oder gab es (doch) noch Gegenkräfte, kühle Köpfe mit Herzblut, die die Regie übernehmen konnten? Süßsaure Überraschungen von unten – oder auch von oben?

12

Leistungsträger:
Maskenmenschen oder Mitmenschen?

Viele denken „Hauptsache gesund!" Weil im Krankheitsfall alles andere schnell zur Nebensache werden kann. Und jeder kennt mindestens einen Arzt. Denn keiner ist immer gesund und braucht als kranker Mensch nicht selten einen kompetenten Helfer. Keinen Engel, der die Tür zur heilen Welt aufschließt, aber auch keinen Teufel, der die Tür zur menschlichen Welt verschließt. Sondern einen, der einem wieder möglichst schnell auf die Beine hilft. Aber Arzt ist nicht gleich Arzt. Auch diese Erfahrung haben (fast) alle schon gemacht. Es gibt eine Fülle von unterschiedlichen und vielfältigen Erlebnissen, Erwartungen und Wahrnehmungen, Selbstverständnissen und Charakteren, Situationen und Bedingungen. Jeder – auch die Ärzte selbst, die wie alle anderen Menschen auch krank werden können - kann gleich mehrere Lieder davon einstimmig oder mehrstimmig, im Chor oder als Solist singen.

Besondere Misstöne kommen auf, wenn ein Arzt wie ein Fließbandarbeiter mit technischer und bürokratischer Kompetenz arbeitet und ethische Maßstäbe verloren hat, das Budgetwohl und wirtschaftliche Vorteile über das Patientenwohl und die medizinischen Notwendigkeiten stellt. Oder eine unsichtbare Stoppuhr in der

Hand hält und menschliche Zuwendung nur zeigt, wenn sie sich rechnet.

Ein Arzt selbst sollte natürlich auch keine Marionette des Patienten sein, der den Arzt nach seinem Willen zappeln lässt, so dass er nach seinen Vorstellungen funktioniert und einfach liefert, was vom „Kunden" im Geschäft mit der Gesundheit gefordert und von seiner Kasse bezahlt wird.

Ein Arzt sollte sich auch nicht zu einem willigen Instrument der Bürokratie missbrauchen lassen, das eingesetzt wird, um teure Fälle möglichst zu selektieren, aus dem Programm zu nehmen oder früh zu entlassen, um dafür lieber nach lukrativen Fällen, nach „Rosinen", Ausschau zu halten und sie zu vermehren. Der ökonomische Druck kann angesichts von Krankheitspauschalen zum Ankreuzen der geeigneten Kennziffern für die teuerste Abrechnung (ver-)führen und die Verantwortung pervertieren.

Leider gibt es auch Ärzte, die als strategische Instrumente einer Krankenkasse mit Hilfe eines komplizierten und undurchsichtigen Systems Patienten kränker einstufen als sie tatsächlich sind, damit die Kasse höhere Zuschüsse aus dem überregionalen Fond erhält. Und dass auch persönliche Annehmlichkeiten oder materielle Zuwendungen bei der Ausübung des Arztberufes eine Rolle spielen können, hat sich herumgesprochen, ohne eine ganze Berufsgruppe der Korruption zu verdächtigen oder an den Pranger zu stellen.

Viele Menschen wünschen sich vielmehr einen fachlich kompetenten und engagierten Arzt, der Achtung vor dem Leben hat sowie stets Mensch bleibt: sie nicht bevormundet oder manipuliert, sondern freundlich und höflich ist, zuhören und verstehen kann, einfühlsam ist und sie als Patienten wertschätzt, erklärt und aufklärt, befähigt und ermutigt, begleitet und führt, aber ihnen die letzte Entscheidung bei der Therapie überlässt. Nur so kann eine vertrauensvolle Beziehung im gegenseitigen Respekt und in Würde aufgebaut werden, die belastbar ist und durch Täler gemeinsam hindurchführt. Einem Geschäftemacher oder Fachidioten, einem Technokraten oder Bürokraten werden mündige Patienten nur ungern freiwillig ihr Leben anvertrauen.

Was viele nicht wissen, dass ein Arzt selbst ein offenes Ohr braucht. Nicht nur, weil auch er zum Patienten werden kann, sondern weil er die Angst in seinem Beruf kennt, durch Fehler einem Patienten zu schaden oder einen Schaden nicht verhindern zu können, nicht sorgfältig genug, vielleicht (grob) fahrlässig oder schuldhaft zu handeln und nicht immer mit beiden Beinen auf dem Boden des Gesetzes zu stehen. Auch muss ein Arzt Sisyphusarbeit an manchen Patienten seelisch verkraften, dass seine Bemühungen sich mit jedem Einsatz vergrößern und am Ende doch der Tod des Patienten stehen kann. Wenn der „Macher" machtlos wird oder geworden ist, braucht auch er einen Menschen als Seelsorger, damit seine menschlichen Gefühle wie Vertrauen und Geborgenheit nicht heimatlos werden und eine innere Leere hinterlassen, in dem nicht selten Zynismus oder Verlogenheit die Herrschaft übernehmen. Im Spannungsfeld von Fachlichkeit und Technik, Ökonomie und Bürokratie, Recht und Ethik kann die Menschlichkeit schnell geopfert werden. Und wer das Geld, das Budget, das Prestige, den Erfolg, die Wissenschaft anbetet, trägt zur Entmenschlichung und Entsolidarisierung, aber auch zur Selbstentfremdung und Selbsterhöhung bei und muss diesen Preis eines Tages selbst bezahlen.

Andreas Klein, Dienstvorgesetzter der Ärzte des großen Krankenhauses, das zu Samuel gehörte, hatte ein Bild vom Arzt und von der Teamarbeit, das ihm und dem kirchlichen Unternehmen seit vielen Jahren wichtig war. Kurz gefasst bedeutete es: Alle Mitarbeiter im Krankenhaus sind gleichwertig und tragen eine Mitverantwortung für die Zufriedenheit der Patienten sowie für Glaubwürdigkeit des Unternehmens mit seinem christlichen Leitbild. In ihren unterschiedlichen Rollen verstehen sich alle Mitarbeiter immer zugleich als Seelsorger, die Ärzte und Schwestern tragen jedoch im Team eine besondere Verantwortung für eine qualifizierte Versorgung der Patienten. Und die hauptamtlichen Seelsorger sind Teil des Teams. Die Führung eines Teams, zu dem auch die hauswirtschaftlichen Kräfte gehören, darf nicht von den Charaktereigenschaften des Chefarztes abhängen, sondern von seinem Führungsstil, der wertschätzend und integrierend sowie flexibel sein soll, d.h. sich an der Person, der Situation und der jeweiligen Aufgabe orientiert.

Eine „Schlaftablette" im Team muss geweckt, ein „Miesmacher" gebremst, ein „Bedenkenträger" ermutigt, ein „Sturkopf" gecoacht, ein „Trittbrettfahrer" in die Verantwortung, ein „Leistungsträger" durch mehr eigene Spielräume gefördert werden. Alle Mitarbeiter sollen in ihrer Persönlichkeitsentwicklung gestärkt, aber auch ständig fort- und weitergebildet werden, allein schon wegen der schnellen Vermehrung des medizinischen, pflegerischen, technischen und organisatorischen Wissens.

Manchmal schwärmte Andreas Klein von der Gesprächsführungskompetenz einzelner Ärzte seines Hauses, die sich liebevoll und empathisch gerade um die Patienten gekümmert hatten, die besonders schwierig und nervig waren. Oder die bei Konflikten untereinander tragfähige Brücken schlugen und faire Lösungen gefunden hatten. Aber manchmal erzählte er seiner Frau auch Arztgeschichten – ohne Namensnennung – aus eigener Anschauung, die schwer zu verstehen waren. Natürlich berichtete er davon nur seiner Frau, der er vertrauen konnte, weil sie verständnisvoll und verschwiegen war und mit der er über das Erlebte und mögliche Konsequenzen diskutieren konnte. Denn die Kluft zwischen Leitbild und Realität sollte überbrückt werden.

Einzelne Chefärzte erinnerten Andreas Klein an liebenswerte Tiere, die aber auch Herausforderungen darstellten.

Zum Beispiel an einen *Pfau*, der farbenprächtig ist, eine schöne lange sowie schillernde Schwanzfeder hat und der deshalb viele Hennen bekommt. „Wenn der ständig angebetet wird", so kommentierte Klein die Eitelkeit eines Chefarztes, „dann darf man sich nicht wundern, dass er eines Tages tatsächlich meint, etwas Besseres zu sein." In Gutsherrenart förderte ein solcher Pfau manche unqualifizierte Mitarbeiter, die ihm aus der Hand fraßen und zu allem ja und amen sagten. Widerspruch war eine Majestätsbeleidigung. Wenn ein Duckmäuser es dennoch wagte zu widersprechen, konnte es sein, dass er wie eine heiße Kartoffel fallen gelassen wurde. Und der Pfau legte großen Wert darauf, dass neue Mitarbeiter ihn mit „Herr Chefarzt" anredeten. Allerdings gelang es ihm, die meisten Chaoten in seinem Team, die das Kontroll-, Bürokratie- und Kommando-Prinzip ignorierten, zu disziplinieren. Der Preis dafür war jedoch hoch: Er bekam selten ein ehrliches Feedback. Und es gab kaum Fortschritte. Seine Visiten waren „wie früher". Es wurde nicht selten über den Patienten und wenig mit ihm gesprochen. Spontan konnte er auch rot anlaufende Kollegen oder eingeschüchterte Schwestern in Gegenwart der verdutzt schweigenden Patienten heftig kritisieren, wenn seine Mitarbeiter aus seiner Sicht medizinische, pflegerische oder organisatorische Fehler gemacht hatten. Als Klein anregte, über ein neues Konzept der Visite gemeinsam nachzudenken, war lange Zeit Funkstille zwischen dem Chefarzt und dem Vorstand.

Einmal hatte Klein einen leitenden Arzt zu einem Vier-Augen-Gespräch in sein Büro eingeladen. Eine leitende Verwaltungsmitarbeiterin hatte sich ganz aufgelöst und weinend bei ihm beschwert, dass der Herr Chefarzt in einer Verwaltungsangelegenheit für sie nicht mehr zu sprechen sei. Klein wollte sich eine eigene und unparteiische Meinung bilden.

„Ja, das stimmt", sagte der machtbewusste Arzt auf seine Frage nach dem Vorgang, „für diese Tippse bin ich nicht mehr zu sprechen". Da er für sein Verhalten keine überzeugenden Gründe nennen konnte, fragte ihn Klein:

„Sie kennen doch unser Leitbild. Wir wollen eine Dialogkultur und versöhnlich streiten."

„Das interessiert mich alles nicht", giftete der gefürchtete, aber auch erfolgreiche sowie von einigen Mitarbeitern geliebte Alleinherrscher seiner Klinik.

„Dann muss ich ihnen als ihr Dienstvorgesetzter sagen", fuhr Klein sichtbar betroffen fort, „dass Sie um ein Gespräch nicht herumkommen, damit eine Lösung im Interesse des Hauses gefunden wird."

Der Arzt schluckte: „Wie? Als Dienstvorgesetzter?!"

„Ja, so ist das nun mal." Der Arzt verdrehte seine Augen, dachte kurz nach und erwiderte dann im Ton eines Oberlehrers:

„Dann soll sie morgen um 10 Uhr zu mir kommen." Aber Klein hatte eine bessere Idee.

„Wir treffen uns gemeinsam bei mir. Ich werde das Gespräch moderieren." Und diesmal kam kein Widerspruch.

Als am nächsten Tag das Sechs-Augen-Gespräch im Büro von Klein stattfand, gab es eine Überraschung. Zu Beginn entschuldigte sich der Chefarzt bei der Frau aus der Verwaltung für seine kategorische Gesprächsverweigerung. Man sprach dann – Klein musste in den Gesprächsverlauf nicht eingreifen – auf Augenhöhe offen und sachlich über das Problem und fand eine einvernehmliche Lösung. Noch Monate später dankte die Mitarbeiterin der Verwaltung Klein für diesen Brückenschlag. Seitdem würde sie mit dem Chefarzt eng und partnerschaftlich zusammenarbeiten.

Ein anderer Pfau, der eifersüchtig auf die Einhaltung der Grenzen seines Fürstentums achtete, von seinen Chefarztkollegen und den Schwestern nicht viel hielt und sie am liebsten wie Luft behandelt hätte, konnte sich nicht mit einem interdisziplinären Workshop anfreunden, der jedoch aus der Sicht des Vorstandes für die Zusammenarbeit zwischen der Pflege und der Medizin, den Abteilungen und den Funktionsdiensten sowie insbesondere für die Patientenzufriedenheit notwendig war.

Es war zum ersten Treffen eingeladen worden. Ganz aufgeregt tauchte plötzlich der leitende Arzt in dem Büro des Vorstands auf.

Auch ohne Termin war der Vorstandvorsitzende zu sprechen. Es galt das Prinzip der „offenen Tür".

„Ich habe das Treffen, zu dem der Vorstand eingeladen hat, abgesagt", sagte der Chefarzt forsch. „Warum?" entgegnete Andreas Klein.

„Weil es nichts bringt. Wir Ärzte werden von den Schwestern nur vorgeführt. Der Vorstand muss sagen, wo es lang geht. Er muss entscheiden, wie die Prozesse und das Qualitätsmanagement laufen sollen. Das reicht."

„Das glaube ich nicht", antwortete Klein, „ich werde mich dafür einsetzen, dass das Gespräch in guter Atmosphäre stattfindet. Wir brauchen das Wissen, die Erfahrung und die Ideen aller, die vor Ort tätig sind. Und – keine Angst - wir suchen keine Schuldigen der Probleme, sondern tragfähige Lösungen."

Da der Chefarzt keine weiteren Gegenargumente hatte, bat ihn Klein, möglichst alle Mitarbeiter zu informieren, dass der Workshop nun doch stattfindet. Der Arzt stand erstaunt auf und verließ nachdenklich das Zimmer.

Der Workshop fand statt. Und wurde zum Erstaunen vieler Mitarbeiter eine regelmäßige Einrichtung des Hauses, um im interdisziplinären Gespräch kontinuierliche Verbesserungsprozesse zu besprechen, abzustimmen und umzusetzen.

Mit mehreren Pfauen gleichzeitig hatte Andreas Klein zu Beginn seiner Dienstzeit zu tun. Bei der ersten gemeinsamen Dienstbesprechung zwischen dem Vorstand und leitenden Mitarbeitern, die er regelmäßig leiten sollte, hielt er am Anfang einen „geistlichen Denkanstoß". Als er gerade versuchte, mit seinen Ausführungen die Kluft zwischen biblischer Botschaft und dem Alltag zu überbrücken, unterbrach ihn ein leitender Arzt:

„Dafür haben wir jetzt keine Zeit". Klein, überrascht und ein wenig hilflos, antwortete:

„Schenken wir uns zwei Minuten Zeit. Solche Denkanstöße können wichtig für unseren Alltag sein, indem sie uns an den Horizont und die Wurzeln unseres Dienstes erinnern." Demonstrativ blätterte ein anderer Arzt in seinen Unterlagen als Klein seinen Denkanstoß entfaltete. Klein, der das wahrnahm, schwieg bis der Arzt damit aufhörte und sich auf die besinnlichen Worte konzentrierte. Im Laufe der folgenden Jahre wurden diese geistigen Impulse für die Teilnehmer der Dienstbesprechung immer wichtiger und gefordert, als Klein selbst darauf verzichten wollte.

Bei einer anderen Dienstbesprechung ging es um die Erweiterung des Leistungsspektrums der Klinik. Soll das Haus einen weiteren Chefarzt mit zusätzlichem Profil beschäftigen wie der Vorstand vor allem aus strategischen Überlegungen vorschlug? Die Antworten waren unterschiedlich. Sie reichten von „die Person ist zu qualifiziert", über „sie passt nicht zu uns" bis „der Kuchen wird dann immer kleiner". Nachdem (fast) alle Argumente auf dem Tisch lagen und abgewogen worden waren, entschied sich der Vorstand – gegen das Mehrheitsvotum der Chefärzte – für die von ihm vorgeschlagene Integration eines neuen Chefarztes mit erweitertem Angebot für die Patienten. In scheinbar großer Verzweiflung reagierte ein Chefarzt: „Das geht nicht. Wir sind doch dagegen". Darauf antwortete Klein: „Wir haben alle Aspekte diskutiert. Nach der Satzung unseres Hauses und nach ihren Verträgen mit dem Haus ist letztlich der Vorstand für eine solche Frage verantwortlich. Sie haben kein Vetorecht, sondern nur eine wichtige Beratungs- und Mitwirkungs-pflicht." Und das gehörte für den Vorstand zur Unternehmenspolitik: Die Gesamtverantwortung des Vorstandes, die jedoch transparent gemacht und fair begründet werden musste, hatte im Zweifel Vorrang vor der Teilverantwortung zum Beispiel der Chefärzte, zu der allerdings stets eine reale Chance gehörte, einen Vorstand überzeugen zu können. Dass die Entscheidung, einen neuen Chefarzt mit neuem Profil zu beschäftigen, richtig war, sollte sich in den nächsten Jahren zeigen.

Ein anderer Chefarzt erinnerte Andreas Klein an ein faszinierendes *Chamäleon*, das seine Farbe verändern kann, um sich seiner Umgebung erfolgreich anzupassen. Einmal bekam Klein von dem Arzt, der häufig von Mitarbeitern wegen seines pünktlichen Feierabends kritisiert wurde, um den Golfclub aufsuchen zu können, einen sehr netten Anruf.

„Ich gratulierte ihnen zu ihrer Öffentlichkeitsarbeit. Ausgezeichnet, was sie leisten. Mehr wollte ich ihnen nicht sagen." Und legte auf.

Als das gleiche Thema eine Woche später bei der Dienstbesprechung aller leitenden Mitarbeiter ein Thema war, tönte der nette Anrufer in das Horn einzelner Kritiker der veröffentlichten Presseerklärung. Klein, sichtbar überrascht, fragte den Chefarzt, wie denn sein Gesinnungswandel zustande gekommen sei? Er bekam jedoch keine Antwort.

Bei der Vertragsverhandlung des Vorstandes mit ihm hatte das Chamäleon großen Wert auf den „schönen Titel" Chefarzt gelegt; als „leitender Oberarzt" würde er nicht kommen und seine bisherige Stelle nicht aufgeben. Als er Monate später als Chefarzt eingeführt worden war und anschließend von Klein einer Besuchergruppe als „Chefarzt" vorgestellt wurde, erklärte er zu Beginn seiner Erläuterungen über seine medizinische Tätigkeit: „Auf den Titel Chefarzt lege ich übrigens keinen Wert."

Überhaupt betonte der nette Chefarzt gerne die Wichtigkeit des Menschlichen in einem kirchlichen Krankenhaus, da das Menschliche neben seiner persönlichen Qualifikation, die überdurchschnittlich und in Fachkreisen anerkannt sei, ein Wettbewerbsvorteil für das Krankenhaus in Himmelspfort darstelle. Doch in der Regel kümmerte er sich nur um Privatpatienten. Für die Bitte des Vorstandes, sich auch um „normale Kassenpatienten" zu kümmern, hatte er nur wenig Verständnis. Und als ein Mitarbeiter aus der

Pflege ihn spontan bat, einen Blick auf seinen leidenden Körper zu werfen, fragte er als Erstes nach seiner Versicherung.

Natürlich sprach sich auch das Chamäleon für eine Mitarbeiterführung aus, die motiviert, den Einsatz und die Kompetenz fördert. Aber ein ärztlicher Oberarzt von ihm klagte Klein sein Leid. Vor einem Toilettengang müsse er sich bei seinem Chef immer erst abmelden. Und wehe, er halte nicht die Anweisungen im Blick auf die Abläufe und Standards akribisch ein.

Da gab es aber noch den freundlichen *Wolf im Schafsfell*, der keine Organisationskompetenz hatte. Seine Selbstgerechtigkeit – er beurteilte sich stets besser als andere ihn – und seine Selbstherrlichkeit – er hatte es nicht nötig, über präzise Vorgaben und regelmäßige Qualitätskontrollen nachzudenken – überspielte er mit einem frommen Gesicht und frommen Sprüche. Dieser Gutmensch war jedoch ein Strippenzieher in eigener Sache und fand wegen seiner gespielten Menschlichkeit Gehör bei vielen, wenn er Entscheidungen des Vorstandes hinter vorgehaltener Hand schlechtredete. Als sich dieser Wolf bei Andreas Klein über einen Chefarztkollegen beschwerte, Klein jedoch eine Intrige witterte, fragte Klein ihn zu seiner Überraschung.

„Was halten sie davon, wenn ich per Telefon kläre, ob ihr Kollege gerade Zeit hat und wir sofort gemeinsam über die Sache sprechen?" Denn er, Klein, müsse ohnehin den Kollegen in der „Sache" befragen, um sich eine eigene Meinung bilden zu können. Als der Kollege erschien, eröffnete Klein das Gespräch mit den Worten: „Ihr Chefarztkollege wollte ihnen direkt etwas Wichtiges mitteilen." Und der blieb, ein wenig konsterniert, bei der Sache.

Und in Zukunft gab es nur noch selten Versuche, Klein zu instrumentalisieren oder ihn – zum Beispiel wegen technischer Prestigeobjekte, weil der Kollege „auch über einen solchen Apparat verfügt" – vor den eigenen Karren zu spannen.

Natürlich gab es im Chefärztekreis auch den fürsorglichen *Hahn* im Hühnerstall seiner Klinik mit Hühnern und Hähnen sowie der bekannten Hackordnung. Auch den zahnlosen *Löwen*, der während einer schweren Operation die Nerven verlieren, lospoltern und seine Mitarbeiter herunterputzen konnte, ohne dass seine unkontrollierten Wutausbrüche für ihn oder andere Konsequenzen gehabt hätten.

Immer wieder versuchte Klein, die Gemüter zu beruhigen und zu vermitteln. Ein Oberarzt, der zum Beispiel anders operieren wollte als sein Chef, es aber nicht durfte und sich bei Klein darüber beschwerte, musste im gemeinsamen Gespräch mit Klein und dem Chefarzt die fachliche Verantwortung seines Chefs akzeptieren lernen. Und der Chefarzt, dass es fachlich begründete und verantwortbare unterschiedliche Wege des Operierens geben kann, die dem Patienten dienen.

Auch mussten Klein und sein Vorstand Entscheidungen treffen und konnten nicht alle Wünsche der Chefärzte erfüllen, wenn ein

Chefarzt zum Beispiel ohne leistungsorientierte Begründung noch mehr Geld verdienen oder fachlich unbegründet technische Besonderheiten haben wollte. Denn in einem kirchlichen Haus, das gemeinnützig war, ging es nach der Überzeugung des Vorstandes nicht um goldene Nasen oder um technische Denkmäler, nicht um die Maximierung des Wohls und des Ansehens von einzelnen, sondern um die Erfüllung eines kirchlichen Auftrages, natürlich unter den Bedingungen der Modernität, der Innovation, der Leistungsfähigkeit und der Wirtschaftlichkeit.

Besonders wurmte es einzelne Chefärzte, dass sie in Personalfragen nicht völlig autonom waren, keine Personalhoheit hatten, sondern nur ein Vorschlagsrecht nach abgesprochenen Kriterien wie Qualifikationen, Kompetenzen, Teamfähigkeit, Organisationsfähigkeit, Einsatzfähigkeit sowie Kirchenzugehörig-keit und der Identifikationsfähigkeit mit dem christlichen Leitbild des Hauses, obgleich in der Regel die von der Personalchefin geprüften Vorschläge vom Vorstand akzeptiert wurden. Mit grundsätzlichen und brenzligen Fragen der Personalpolitik beschäftigte sich jedoch auch Andreas Klein.

Kann beispielsweise ein Kirchenmitglied in einem kirchlichen Haus beschäftigt werden, das aber nichts von dem christlichen Leitbild des Hauses wissen will? Ein Chefarzt hatte einen Vorschlag für eine Oberarztstelle gemacht. „Händeringend" und „so schnell wie möglich" brauchte er diesen Mann, der etwa 200 Kilometer von

Himmelspfort entfernt in einem Krankenhaus bereits als Oberarzt arbeitete. Kurzfristig hatte Klein ihn zu einem Gespräch eingeladen.

Nachdem sie insbesondere über seinen Lebenslauf und sein Persönlichkeitsprofil, seine Prägungen und Erwartungen, aber auch über die Situation im Gesundheits- und Krankenhauswesen gesprochen hatten, fragte ihn Klein:

„Hatten sie sich schon Zeit nehmen können, das christliche Leitbild unseres Hauses, das ich ihnen zugeschickt habe, zu lesen?" Verdutzt schaute der Arzt Klein an. Und dann folgte mit unterkühlter Stimme der ehrliche Satz:

„So etwas interessiert mich überhaupt nicht." Klein schwieg für einen Augenblick, weil er mit dieser Antwort nicht gerechnet hatte, fuhr dann aber fort:

„Können sie sich nicht vorstellen, dass es für uns wichtig ist, Mitarbeiter zu beschäftigen, die sich mit der Philosophie unseres Hauses identifizieren können?" Doch der Arzt ging nicht auf die Frage ein.

„Ihr Chefarzt weiß doch, dass ich fachlich einer der Besten bin. Ganz ehrlich. Wenn Sie mich nicht haben wollen, kann ich ja gehen."

Klein versuchte einen Brückenschlag, indem er Beispiele nannte, um besser und unmissverständlicher verstanden zu werden. Wer in einer Zigarrenfabrik in leitender Stellung erfolgreich arbeiten wolle, sollte sich doch mit der Philosophie des Zigarrenrauchens auseinandersetzen und identifizieren können. Und als leidenschaftlicher

Nichtraucher sei dies auf Dauer doch schwierig. Oder sollte sich nicht auch ein Bewerber um die Geschäftsführung eines Erotikunternehmens vorher mit dem Frauenbild des Unternehmens beschäftigen? Reicht langfristig betriebswirtschaftliches Können sowie ein großes Gehalt, um persönlich zufrieden, aber auch erfolgreich zu sein? Aber auch das Beispiel, dass begeisterte Mercedesanhänger aus Motivationsgründen nicht bei VW beschäftigt sein sollten – und umgekehrt – überzeugte den Arzt nicht. Er winkte arrogant ab, beendete selbst das Gespräch und ging.

Keine halbe Stunde später war der Chefarzt, der ihn vorgeschlagen hatte, herbeigeeilt, stand vor Klein und empörte sich:

„Den Mann kann man doch nicht laufen lassen, nur weil ihm unser Leitbild nicht gefällt?! Ich brauche ihn."

„Kennen sie ihn denn persönlich?"

„Nein, aber seit vielen Jahren seine Mutter." Auf dieses „Argument" ging Klein nicht ein, sondern versuchte die gemeinsam abgesprochene Personalpolitik zu erläutern. Und das nicht zum ersten Mal. Fachlichkeit und Kirchenzugehörigkeit reichten nicht aus. Menschlichkeit und Glaubwürdigkeit gehörten genauso dazu. Der Chefarzt und Klein fanden schließlich einen gemeinsamen Nenner, dass Überheblichkeit nicht zur angestrebten Kultur des Hauses passten und eine Missachtung dieser Kultur auch ökonomische Folgen haben würde. Und die Oberarztstelle wurde neu ausgeschrieben.

Zur Personalpolitik des Hauses gehörte jedoch auch, dass fachlich qualifizierte Mitarbeiter, die nicht einer Kirche angehörten, beschäftigt werden konnten, wenn es keine Alternative gab. Sie mussten sich allerdings – wie alle anderen auch – mit dem christlichen Leitbild auseinandersetzen. Sie wurden zu Ethik-Kursen und Einzelgesprächen eingeladen, nahmen zudem an den christlichen Einführungen neuer Mitarbeiter durch den Vorstand teil, die regelmäßig stattfanden und ein großes Echo in der Mitarbeiterschaft fanden, aber von Chefärzten aus „dienstlichen Gründen" nur sehr selten besucht wurden.

Natürlich gab es im Krankenhaus Samuel auch viele kluge, qualifizierte und engagierte *Zugpferde* mit Gesprächs-, Führungs- und Organisationskompetenz, die sich mit dem kirchlichen Selbstverständnis identifizieren konnten sowie ihre persönliche Verantwortung für die Patienten, die Mitarbeiter und das Unternehmen Samuel in der jeweiligen Alltagssituation umfassend und zugleich konkret wahrnahmen. Und die ihr hochmotiviertes und hochqualifiziertes Team stärkten, indem sie vorbildlich vorangingen, auch abteilungs- und berufsgruppenübergreifend dachten, vor allem patientenorientiert handelten.

Aber eben auch viele *Pfauen*, die es immer wieder versuchten, den Aufsichtsrat für eigene Interessen zu gewinnen, wenn sie selbst den Vorstand nicht überzeugen konnten. Und bei einzelnen Aufsichtsratmitgliedern Gehör fanden, weil es sich wohl geschmeichelt fühlte, wenn der „Herr Chefarzt" um Hilfe bat oder weil es für ein Aufsichtsratsmitglied eine willkommene Gelegenheit war, sich vor seinen Kollegen zu profilieren oder sich beim Vorstand zu revanchieren.

Bevor Felicitas Fromme vor einigen Jahren Vorsitzende des Aufsichtsrates geworden war, gab es für den Vorstand keine großen Probleme mit intriganten Flüsterern. Der Vorgänger von Fromme war ein überzeugter Vertreter des kirchlichen Profils des Unternehmens und eine überzeugte sowie überzeugende Persönlichkeit, die sich eine eigenständige unabhängige Meinung bilden konnte. Er hielt sich an die Struktur des Hauses, die die Satzung vorsah. Danach waren Aufsicht und Geschäftsführung selbstständige Organe. Und er hielt sich an die vereinbarten Spielregeln. Wenn ein Chefarzt sich über den Vorstand beschwerte, sollte er zunächst mit dem Vorstand selbst reden, bevor – wenn es dann noch nötig war – gemeinsam über die Beschwerde gesprochen werden konnte. Der damalige Aufsichtsratsvorsitzende wusste, dass eine Nebenregierung oder ein Hineinregieren in die Vorstandsarbeit seitens des Aufsichtsrates zu Lasten von Samuel gehen würde.

Im Vorstand war kein „Interessenvertreter" wie ein Chefarzt integriert, damit der Vorstand vor allem die Satzungszwecke von Samuel im Auge behalten, aber auch die Konflikte zwischen den Chefärzten untereinander bewältigen konnte. Und der alte Aufsichtsrat schenkte dem Vorstand viele Jahre lang begründetes

Vertrauen, beriet ihn in wichtigen Fragen, begleitete seine Arbeit konstruktiv-kritisch und stärkte ihm den Rücken, indem er ihm bei unbegründeten Angriffen Rückendeckung gab. Der Aufsichtsratsvorsitzende hatte Rückgrat und wusste, was Rückgratlosigkeit anrichten konnte. Denn wer quakende oder auch lieblich singende Frösche fragt, wie man denn den Sumpf der Eitelkeiten und Eifersüchteleien, der Intrigen und Verlogenheiten, der Macht- und Dominanzspiele, der Pfründe und Prestigeobjekte trockenlegen soll, darf sich über ihre Antworten nicht wundern.

Einmal saßen sie wieder einmütig und friedlich beieinander, der Vorstand, die Chefärzte, die Chefärztin, der Pflegedienstdirektor und weitere leitende Mitarbeiter. Klein eröffnete die angekündigte Diskussionsrunde:

„Was macht der Vorstand richtig? Was macht er falsch? Was sollte er besser machen? Was sind die Stärken und Schwächen unseres Unternehmens? Wo gibt es Risiken, wo Chancen?"

Alle schwiegen.

Klein sagte noch: „Wir werden keine Äußerung kommentieren."

„Es gibt auch die Möglichkeit, dem Vorstand anonym seine Vorschläge zu schicken."

Immer noch großes Schweigen. Und auch in den nächsten Tagen gab es keine Post.

Vor seinem inneren Auge sah Klein den *Pfau*, der ihm ein mildes

Lächeln schenkte. Das *Chamäleon*, das ihm freundlich zulächelt, den *Wolf* im Schafspelz, der ihn angrinste, den *Löwen*, der ihn mit breitem Lächeln ansah, das *Zugpferd*, das ihn nachdenklich und fragend anschaute, als es eine Träne in seinem Auge entdeckte.

Alle waren da, nur (k)einer zeigte sein wahres Gesicht.

13

Neues Spiel:

Stellungnahme ohne Fairness?!

In manchem Gutmenschen schlummert ein Machtmensch, in manchem Choleriker ein Softie. Aber wenn sie alle zusammenkommen, kann das Ausschließliche und Ausschließende sehr schnell die Herrschaft übernehmen. Im Konzert der Verantwortungsträger geben dann die ersten Geigen immer stärker den Ton an, die von jedem Selbstzweifel befreit sind.

Diese nicht selten gnadenlosen Machtspieler im Gewand des Menschenwohls sowie verlogenen Strippenzieher im Gewand des Gruppenwohls sind jedoch häufig nichts anderes als Kopien ihrer eigenen Berufs- und Alltagserfahrungen, die sie selbst erlebt und erlitten haben - und keine seelisch ausgeglichenen Persönlichkeiten, die gerne etwas Positives, Lebensdienliches und Menschliches, bewegen wollen. Aus Angst vor Entdeckung ihres Seelenlebens missachten sie heimlich oder auch offen ihre Mitspieler und grenzen ihre Gegenspieler nach Möglichkeit schnell aus. Selbstverliebt pfeifen sie auf ihre Verantwortung, wenn sie auf die Folgen ihres Tuns angesprochen werden. Selbstgerecht zeigten sie ihre Zähne, wenn sie kritisiert werden und sich Respekt verschaffen wollen. Und selbstvergessen dreschen sie auf jedes unbedachte Wort ihrer Kritiker ein. Um ihre Ziele zu erreichen, blasen diese Gespenster in ihnen

- durch sie - nicht selten Dreck von Halbwahrheiten und falschen Behauptungen in die Luft, um eine Atmosphäre der Einschüchterung und Angst zu schaffen. Um dann anschließend leichter vorpreschen, Gegenkräfte neutralisieren oder zerstören zu können sowie ihre eigene angebliche Überlegenheit auf dem roten Teppich des Machers und des Retters zur Schau zu stellen.

Felicitas Fromme, Friedrich Groß und Patricia König hatten sich bei Groß getroffen, um Professor Dr. Max Samenkorn, einem ehemaligen Chefarzt, um Beratung wegen des Krankenhauses zu bitten. Ihr Ziel war es, die Leistungsträger des Krankenhauses, vor allem die Chefärzte gegenüber dem Vorstand zu stärken. Da traf es sich gut, dass Groß Samenkorn kannte. Dieser erhielt den Auftrag, eine Stellungnahme zu erarbeiten, obgleich das Treffen keine ordentliche Aufsichtsratssitzung mit allen anderen Mitgliedern gewesen war und die drei auch kein Mandat hatten, einen solchen Auftrag zu erteilen.

Drei Monate später hatte Samenkorn mit allen Chefärzten gesprochen und dem Aufsichtsratsvorsitzenden die schriftliche Stellungnahme zukommen lassen. Andreas Klein erhielt diese Stellungnahme von Fromme erst nach sechs Monaten, sozusagen nach einer Sitzung zwischen Tür und Angeln. Nach der Lektüre der Ausführungen von Samenkorn fiel der Vorstand aus allen Wolken. Die Chefärzte hatten die Interviews als Ventil genutzt, um Dampf abzulassen. Neben wenigen konstruktiven Verbesserungs-vorschlägen sowie einigen strategischen und organisatorischen Überlegungen zur Zukunft ihrer jeweiligen Klinik hatten sie vor allem den Vorstand massiv und pauschal, aber auch Klein persönlich kritisiert. Der Vorstandsvorsitzende wurde aufs Korn genommen. Er sei nicht kommunikativ, unnahbar, würde ihre Vorschläge fast nie berücksichtigen, ihre Leistungen nicht ausreichend würdigen und sie nicht hinreichend fördern. Überhaupt gebe es darüber hinaus eine schlechte Öffentlichkeitsarbeit, die mehr das diakonische Profil und weniger die medizinischen Leistungen im Fokus hätte.

Samenkorn hatte in seiner Stellungnahme die Stimmen der Chefärzte gesammelt, aber kein Gespräch darüber mit dem Vorstand geführt. Auch fehlten Recherchen des ehemaligen Chefarztes im Blick auf die Wahrnehmung und Vorstellungen der leitenden Pflegekräfte und der leitenden Verwaltungsmitarbeiter sowie der Leiter der Funktionsabteilungen wie der Hauswirtschaft und der Technik, vor allem hatte es kein Gespräch mit dem Betriebsrat gegeben. Und wieso etwa hätte Samenkorn darüber hinaus mit der großen und anerkannten Gruppe der Ehrenamtlichen sprechen sollen, um sich ein genaueres Bild vom Betriebsklima, das die Chefärzte als schlecht bezeichneten, zu machen?!

Fairness, auch die andere Seite ist zu hören, um sich im Deutungskampf eine eigene Meinung bilden zu können? Fehlanzeige!

Meinungsvielfalt, um die versteckten unterschiedlichen Interessen herausfinden und Verteilungs- und Wahrnehmungs-konflikte herausarbeiten zu können? Keine Spur!

Selbstkritik der Chefärzte, ihre Verantwortung für die Kommunikation untereinander, zu den Mitarbeitern und zum Vorstand? Kein Wort!

Menschlicher Umgang mit dem Vorstand, insbesondere mit dem Vorsitzenden? Nur als Sprechblase, denn die Chefärzte hatten in den Interviews die Wichtigkeit der menschlichen Zuwendung und des christlichen Aspektes als Alleinstellungsmerkmal des kirchlichen Krankenhauses betont.

Als Klein in einer ordentlichen Aufsichtsratssitzung auch im Namen des Vorstandes darum bat, zu diesem Sammelsurium von individuellen und subjektiven Äußerungen Stellung beziehen zu dürfen, wurde er schroff von Patricia König mit den Worten unterbrochen:

„Lassen Sie das doch alles erst einmal sacken. Sie können keine Kritik vertragen!" Auf seine Frage, wie denn der Aufsichtsrat mit dieser Stellungnahme umzugehen gedenke, ob fair und mit welcher Intention und mit welchen Konsequenzen, antwortete Fromme barsch und zugleich vielsagend:

„Warten Sie es ab."

Nichtsdestotrotz beschäftigte sich der Vorstand auf seiner nächsten Sitzung mit den strukturellen und organisatorischen Konsequenzen, die Samenkorn vorgeschlagen hatte. Man kam zu dem Ergebnis, einzelne Vorschläge, die überzeugten, sofort umzusetzen. So sollten die verantwortlichen Mitarbeiter der jeweiligen Klinik noch regelmäßiger zusammenkommen, um gemeinsam – berufs-, fach- und abteilungsübergreifend – die operativen Probleme schneller und effektiver lösen zu können. Wie immer wurde das Protokoll der Sitzung an Frau Fromme „zur Information und Kenntnisnahme" verschickt.

Einen Tag später klingelte bei Klein das Telefon. Aufgeregt und heftig beschwerte sich die Vorsitzende des Aufsichtsrates:

„Wir haben gestern wieder bei Groß getagt. Mit Entsetzen und Enttäuschung haben wir zur Kenntnis genommen, dass der Vorstand bereits Vorschläge von Professor Samenkorn übernommen hat, obwohl wir Ihnen gesagt haben, Sie sollten erst einmal alles sacken lassen!"

Klein versuchte zu erklären, warum diese Vorschläge gut und richtig seien und deshalb auch sofort vom Vorstand übernommen worden seien. Aber Fromme hatte keine Geduld.

„Sie haben sich nicht an das Votum des Aufsichtsrates gehalten."

Klein war offensichtlich mit seinem Latein am Ende. Es gab doch keinen Beschluss! Nach der Satzung hatte der Aufsichtsrat gar nicht getagt. Und dennoch versuchte Klein, wie er es gelernt hatte, die Unterschiede im Detail von der Übereinstimmung im Grundsätzlichen her zu entschärfen:

„Wir sind uns doch einig, dass der Vorstand nach der Satzung ein Organ der Stiftung ist und eine Organisationshoheit hat. Und dass die Vorstandsmitglieder keine weisungsgebundenen Geschäftsführer sind...". Das war offensichtlich zu viel des Grundsätzlichen für Frau Fromme, die nun in Rage geriet.

„Eine Satzung kann man ändern!" rief sie ins Telefon und legte auf. Klein erschrak. Gibt es kein Fundament mehr, keine Gemeinsamkeiten im Zusammenspiel unterschiedlicher Perspektiven und Verantwortlichkeiten, kein Austausch mehr auf Augenhöhe? Sollen die Karten neu gemischt werden? Und schlummerte im Karten- und Machtspiel noch eine Trumpfkarte? Oder hatte jemand den Schwarzen Peter?

14

Traum:

Liebender Blick?!

In der kommenden Nacht träumte Andreas Klein, wie er als junger Mann zum ersten Mal eine Tanzveranstaltung besuchte. Im großen Saal, indem ein Geschiebe und Gedränge mit einer beachtlichen Lärmkulisse stattfand, stand in jeder Ecke ein Stuhl.

Auf dem *ersten* Stuhl saß eine Frau, die attraktiv war, jedoch einen bösen Blick hatte. Ihre Schönheit faszinierte ihn und er forderte sie selbstbewusst zum Tanzen auf. Aber sie gab ihm einen Korb. Enttäuscht fragte er sich: „Was hast du falsch gemacht?" Vielleicht solltest du dich beim nächsten Mal nicht vom Äußeren blenden lassen. Denn Augen können ja auch sprechen und warnen, bevormunden und kontrollieren, dich beherrschen wollen. Selbst wenn ein Mensch eine Augenweide ist, wie ein blühender Park, bleib kritisch!

Auf dem *zweiten* Stuhl saß eine Frau, die vom Äußeren her genau das Gegenteil war, nämlich unattraktiv, jedoch hatte sie wunderschöne Augen und einen sehr freundlichen Blick. Ihr Lächeln faszinierte ihn, er nahm sein Herz in die Hand und forderte sie zum Tanzen auf. Aber er bekam erneut einen Korb. Verstört fragte er sich: „Was hast du denn jetzt wieder falsch gemacht?" Vielleicht solltest du in Zukunft nicht nur auf den freundlichen Blick achten, sondern auch das Äußere beachten. Denn können schöne Augen nicht auch verführen und den eigenen Blick trüben, in andere Augen Sand streuen und täuschen? Bleib kritisch!

Auf dem *dritten* Stuhl saß eine ganz normale Frau mit normalem Äußeren, jedoch hatte sie einen stolzen und starren Blick. Irgendwie fühlte er sich zu ihr hingezogen, wollte sie gerade zum Tanzen auffordern, als sie aufstand und – ohne ihn eines Blickes zu würdigen – ging. Verbittert und verzweifelt fragte er sich: „Warum behandelt die dich denn wie Luft?!" Am liebsten hätte er ihr wegen der Kränkung, der Missachtung und Verachtung, ihre Augen ausgekratzt. Waren denn ihre Augen so verschlossen, ja blind, dass sie ihn übersehen konnten?

Und er setzte sich auf den *vierten* Stuhl, der gerade frei geworden war. Seine Augen bewegten sich hin und her, schweiften wie ein Zaungast umher, der das bunte Treiben neugierig aus der Ferne beobachtet. Da kam eine Frau auf ihn zu und – er traute seinen Ohren nicht – sagte mit leiser Stimme: „Möchtest du mit mir tanzen?" Er sah in ihr Gesicht. Da waren kein Puder und keine Tusche, nur fragende Augen. Er stand auf, bekam Augenkontakt auf Augenhöhe, sah in ihre Augen und entdeckte – einen menschlichen Blick. Sie tanzten die ganze Nacht, sprachen über Gott und die Welt und blickten sich immer tiefer in die Augen. Sie sah ihn mit seinen Augen und er lernte, sie mit ihren Augen zu sehen. Sie schlossen ihre Augen und sahen mit dem Herzen, ohne blauäugig zu werden. Und sie öffneten ihre Augen, weil sie ihre Augen nicht verstecken mussten.

Gerade als er mit Freude von ihren Augen als Juwelen sprechen und sie schon mit liebendem Blick antworten wollte, klingelte sein Wecker „Piep, Piep, Piep..".

Und Andreas Klein rieb sich den Schlafdreck aus seinen Augen. Um das Wesentliche neu sehen zu können.

15

Kommunikationsnähe:

Mittagstisch als Lernort

Es gibt immer unterschiedliche sowie gemeinsame Sichtweisen auf ein und dieselbe Person. Aber „unnahbar" und „nicht kommunikativ", wie Chefärzte (fast) übereinstimmend dem Gutachter Professor Samenkorn erzählt hatten und der diese Stimmen ungeprüft in seine offizielle Stellungnahme für den Aufsichtsrat aufgenommen hatte, war Andreas Klein nicht. Im Speisesaal von Samuel, in dem Mitarbeiter aller Einrichtungen, Gäste sowie auch Heimbewohner des Altenpflegeheimes verpflegt und beköstigt wurden, war Andreas Klein fast immer ein willkommener Gesprächspartner. Man sprach beim Essen über Erlebnisse aus dem letzten Urlaub, über politische und kulturelle Ereignisse in Himmelspfort, aber auch über familiäre Dinge und manchmal auch über dienstliche Angelegenheiten. Einmal – sie saßen allein am Mittagstisch – sagte ein Chefarzt zu ihm:

„Gut, dass ich Sie gerade spreche. Meine Sekretärin feiert morgen einen runden Geburtstag. Ich möchte ihr eine Freude machen."

„Tolle Idee", dachte Klein. Doch dann fügte der Spitzenverdiener des Hauses hinzu:

„Können Sie sich vorstellen, dass das Haus einen großen Blumenstrauß finanziert?" Andreas Klein schmunzelte, weil er an einen Scherz glaubte, und erwiderte:

„Sagen Sie, sind Sie klamm bei Kasse?" – Keine Antwort. Nur plötzlich hatte es der „Chef", wie er in der Klinik genannt wurde, sehr eilig, denn er müsse noch eine Visite machen.

An einem anderen Tag suchte eine OP-Schwester einen Rat von Andreas Klein, auch während des Essens und ebenfalls unter vier Augen. Sie blickte zunächst ängstlich in alle Richtungen. Niemand sollte mithören können. Dann erzählte sie, den Körper leicht nach vorne geneigt, dass ein leitender Arzt, der wohl schon einmal versucht hatte, sich ihr zu nähern, sie während der Operation an einem Patienten „grundlos", wie sie behauptete, heruntergeputzt und beleidigt habe.

„Und wie haben sie regiert?" fragte Klein.

„Gar nicht. Ich war wie gelähmt." Klein überlegte und gab Folgendes zu bedenken. Im Wiederholungsfall würde er raten, den Arzt sofort und unmissverständlich um einen anderen Ton und um Aufklärung in der Sache zu bitten. Oder ihn in seinem Büro aufzusuchen und ihm klarzumachen, dass sie sich Beleidigungen nicht gefallen lasse und sie sich beim nächsten Mal beim Vorstand beschweren werde. Wenn der Vorstand eingeschaltet würde, müsse dieser selbstverständlich beide Seiten hören, um sich ein unabhängiges Urteil bilden zu können. Schließlich gebe es auch die Mitarbeitervertretung und hauptamtliche Seelsorger, mit denen sie sich austauschen könne. Die Schwester bedankte sich, wollte noch eine Nacht darüber schlafen, sich vielleicht noch mal melden und verließ sichtlich entspannter den Mittagstisch.

An einem Freitag saß am hinteren Tisch mutterseelenallein ein Arzt mit Kummerfalten und vielsagendem Blick.

„Darf ich mich zu Ihnen setzen?" fragte ihn Andreas Klein. Der Mann nickte mit dem Kopf. Sie sprachen über das Wetter, aber auch über die aktuelle Gesundheitspolitik der gegenwärtigen Regierung, die der Arzt in Bausch und Bogen verurteilte.

„Wissen Sie was?", fragte Klein, „Können Sie Ihre Kritik nicht zu Papier bringen und einen Kommentar für unsere Hauszeitung schreiben?"

„Eine gute Idee. Am Wochenende werde ich ihn schreiben."

Klein freute sich über dieses positive Echo auch deshalb, weil es in der Regel sehr schwer war, leitende Ärzte dazu zu bringen, Beiträge für die Hauszeitung zu verfassen. Meistens war die Reaktion „Keine Zeit. Das ist doch wohl nicht so wichtig. Ich muss mich um die Klinik kümmern." Doch Klein sollte sich zu früh freuen. Trotz wiederholter Rückfrage – auch dieser Arzt, ein exzellenter Golfspieler, ließ sich mit seinem Beitrag sehr viel Zeit. Was ihn – und andere seiner Kollegen – jedoch nicht davon abhielt, beim Gutachter Professor Samenkorn das Klagelied von „wenig Beachtung der Chefärzte" in der Hauszeitung anzustimmen.

Ein Oberarzt war mit einer Juristin verheiratet, die mit ihrem gemeinsamen Kind an einem ganz anderen Ort lebte. In der Stadt

Himmelspfort war er zudem mit einer Krankenschwester liiert, die ebenfalls ein Kind von ihm hatte. Der Arzt, ein sehr freundlicher, hilfsbereiter und engagierter Mann, litt jedoch offensichtlich nicht nur unter der Gutsherrenart seines Klinikchefs, sondern auch unter seiner privaten Lebenssituation. Mehrmals hatten Klein und er, wenn sie sich wieder zufälligerweise beim Essen getroffen hatten, in humorvoller Weise das Privatleben der Politikerelite der Hauptstadt angesprochen. Einmal hielt der Arzt inne, legte den Löffel zu Seite und sagte mit leiser Stimme:

„Kennen Sie eigentlich meine private Situation?" Da Klein verneinte, schilderte er sie ihm und schloss mit der kurzen Frage: „Haben Sie damit ein Problem?" Klein überlegte.

„Wenn die beiden Frauen und Sie das verantworten können, dann sollte ich lieber keinen Kommentar dazu geben. Aber wenn nicht, müssten sie eine klare und einvernehmliche Lösung finden, insbesondere im Interesse der Kinder." Auf jeden Fall verstand sich Klein nicht wie ein Moralapostel, aber auch nicht wie ein gesichtsloser Mensch ohne Werte und Überzeugungen. Wenn Klein während des Mittagstisches auf Probleme im Haus angesprochen wurde, dann ließ ihn das nicht kalt, sondern er dachte darüber nach.

Eine 60jährige Frau, die in der Hauswirtschaft beschäftigt war, klagte darüber, dass ein junger Chefarzt ihren morgendlichen Gruß nicht erwidere und sie wie Luft behandle.

„Vor Gott sind wir doch alle gleich", meinte die Frau. „Oder?!" Und dann bekam Klein sein Fett ab.

„Sie sprechen immer so schön von der christlichen Kultur des Hauses. Aber vor Ort verspüre ich das nicht." Bei der nächsten Dienstbesprechung leitender Mitarbeiter stand das Thema der Unternehmenskultur auf der Tagesordnung. Und Klein war ein Typ, der grundsätzlich als Erster die Mitarbeiter grüßte, weil er der Überzeugung war, dass er eine gewisse Vorbildfunktion hatte. Und sich mit einem freundlichen Gruß als erste Brücke zum Mitarbeiter auch keine Zacke aus der Krone eines Vorstandsvorsitzenden brach.

Andreas Klein hatte eine Sekretärin, die zugleich seine Assistentin war. Sie war freundlich und höflich, hatte Stil und Format, konnte sich mit den Zielen von Samuel identifizieren und entwickelt ein Verantwortungsgefühl für das Gesamtunternehmen. Klein, der ihr selbstständiges Denken förderte, konnte sich auf sie verlassen und ihr Vertrauen schenken. Wenn sie gute Argumente hatte, übernahm er sie. Vor allem war sie für ihn auch ein konstruktiver und unkonventioneller Austauschpartner, um Erfahrungen und Ereignisse, Vorstellungen und Pläne, die Klein hatte, zu reflektieren. Als seine Assistentin Geburtstag hatte, erhielt sie von ihm einen großen Blumenstrauß. Und eine Einladung zum Essen.

16

Flurfunk:

Zwischen Wahrheit und Unwahrheit

Manche Geheimnisse, die für den Einzelnen und eine Gemeinschaft wichtig sein können, verhüllen Informationen und Meinungen, Wahrnehmungen und Gefühle. Unter dem Mantel der Verschwiegenheit können sie jedoch ziellos oder gezielt enthüllt werden. Nicht jede Freundlichkeit ist bei der Flüsterpropaganda gleich ein Heiratsantrag oder Vertrauensvorschuss. Aber Freundlichkeit ist auch kein Freischein, bösartige Gerüchte in die Welt zu setzen.

Eine Person, die allseits Freundliche, nutzte den Flurfunk für ihre Zwecke. Durch Andeutungen, Hinzudichtungen, Verdrehungen und einseitige Darstellungen versuchte sie, ihre Gesichtslosigkeit, ihren Neid, ihre Verletzungen und ihre Unzufriedenheit zu überspielen. Und um Andreas Klein, der die Schauspielerei, die vielen Rollen in der einen Person, nicht durchschaute, zu schaden.

Geschickt setzte sie die „Stille Post" ein, weil sie wusste, dass das, was am Anfang einer Kommunikationskette einer Person gesagt wird, am Ende ganz anders bei der letzten Person ankommt. Oder die Drehscheibe der Kaffeeküche wurde instrumentalisiert, damit eine Unwahrheit in die Mitarbeiterschaft gelangte. Sie suchte ein Ohr an der Basis, aber auch beim Aufsichtsrat. Es war wohl zu schön, in der geheimnisvollen Spannung von wahr oder unwahr zu leben, andere neugierig zu machen, vor allem Aufmerksamkeit für sich selbst zu erheischen und Teil einer verschworenen Gemeinschaft zu sein. Nicht jeder Mitarbeiter verstummte, wenn sie wieder einen Erzählfetzen eines Märchens über den Vorstandsvorsitzenden erzählte, nicht jeder war schadenfroh oder empörte sich wie die allseits Freundliche. Nicht jeder Mitarbeiter schluckte Andeutungen, sondern manche fragten auch kritisch nach, versuchten sich eine eigene Meinung zu bilden und sie auch zu vertreten. Manchmal bekam sie sogar Kontra. „Haben Sie das Klein schon selbst gesagt und mit ihm darüber gesprochen?" Oder Mitarbeiter nahmen Partei für Andreas Klein, indem sie im Blick auf die vertrauliche Info einen klaren Standpunkt vertraten und im Blick auf die wertende Meinung widersprachen und eigenes Wissen sowie eigene Erfahrungen einbrachten. Vor diesen glaubwürdigen Fürsprechern, die für Fairness und Wahrhaftigkeit standen, und die Gerüchteküche als solche entlarvten, musste sich die allseits Freundliche, der auch viel anvertraut wurde und die man deshalb nicht unterschätzen durfte, in Acht nehmen. Aber manche Gerüchte, die neben selbstbezogenen und boshaften Gründen aus Misstrauen, Unwissenheit und Angst bestanden, waren wie gut gelegte falsche Fährten, die nicht leicht zu erkennen waren und Mitarbeiter verführten, auch Mitglieder des Aufsichtsrates.

Andreas Klein kannte die positiven Seiten des Flurfunks, nämlich die informelle und ungeplante Möglichkeit, das Neueste vom Neuen zu hören, Dampf abzulassen und Stress abzubauen, wenn man sich geärgert hatte. Auch war für ihn ein zufälliger und vertraulicher Informationsfluss in der Kaffeeküche immer noch besser als große Geheimniskrämerei mit Verschwörungstheorien. Aber um die allgemein bekannten zerstörerischen Wirkungen des Flurfunks, vor allem üble Nachrede und die Verbreitung von falschen Informationen, zu zähmen, hatte er die in vielen Unternehmen üblichen Instrumente wie Mitarbeiterzeitung, Intranet, E-Mails, aber auch Einzel- und Zielgruppengespräche eingeführt.

In der Hauszeitung einer diakonischen Einrichtung, die er regelmäßig zugeschickt bekam und sehr schätzte, fand er einen philosophischen Artikel zu diesem Thema. Nach einem Telefongespräch mit dem dortigen Leiter und Autor erhielt er die Zustimmung, diese Meditation, die sich an die „Drei Siebe" des griechischen Philosophen Sokrates anlehnte, auch in der Mitarbeiterzeitung von Samuel zu veröffentlichen.

Die Überschrift lautete *„Freund der Weisheit."*
Ganz aufgeregt kam ein Mensch zu ihm. „ich muss dir etwas ganz Wichtiges, ja Schlimmes erzählen..." „Halt", unterbrach ihn sein Gesprächspartner, „hast du auch das, was du mir sagen willst, gesiebt? Wenn nicht, dann geh und siebe zunächst."
Der Mensch hielt inne und fragte neugierig nach: „Wie meinst du das?"

*„Ist es **wahr**, was du mir sagen willst; hast du es überprüft? Konntest du dir eine eigene Meinung bilden? Trifft es wirklich zu oder bist du vielleicht getäuscht worden?"*

„Nein", antwortete der Mensch, „ich habe es nur wahrgenommen."

*„Ist es **gut**, was du mir sagen willst; ist es hilfreich? Hattest du die Möglichkeit zu verstehen und Verständnis zu gewinnen? Dient es dem Leben oder trägst du mit deiner Äußerung zur Zerstörung bei?"*

„Nein", antwortete der Mensch, „ich habe es nur wahrgenommen."

*„Ist es **notwendig**, was du mir sagen willst; wendet es die Not? Hast du über die Folgen und Wirkungen nachgedacht? Gibt es eine Perspektive für alle oder verschlimmerst du alles nur noch?"*

„Nein", antwortete der Mensch, „ich habe es nur wahrgenommen."

*„Ist es **vergebbar**, was du mir sagen willst; kann man es verzeihen? Hast du an mögliche Missverständnisse oder falsche Informationen gedacht? Kann aus Fehlern Gutes entstehen oder gießt du noch Öl ins Feuer der Gefühle?"*

„Nein", antwortete der Mensch, „ich habe es nur wahrgenommen."

*„Ist es **verantwortbar**, was du mir sagen willst; kannst du auf die Fragen Antwort geben? Oder wirst du vor einen Karren gespannt; kochst du etwa dein eigenes Süppchen?"*

„Nein", antwortete der Mensch, „ich habe es nur wahrgenommen."

*Da antwortete der Freund der Weisheit: „Dann siebe zunächst, damit es **erzählbar** wird."*

116

Andreas Klein wusste, dass es Meinungsfreiheit, aber eben auch Grenzen der Freiheit beispielsweise bei übler Nachrede gibt, dass das Strafrecht als das letzte und schärfste Recht gilt, dass niemand seine Unschuld beweisen und dass man stets die Verhältnismäßigkeit beachten muss. Er wünschte sich jedoch vor allem im Blick auf die Kultur des Hauses, dass Fairness von allen verinnerlich wurde, dass möglichst viele diese Worte lasen, die sechs Ratschläge des „Freundes der Weisheit" beachteten und achteten, die vielen allseits Freundlichen und allseits Unfreundlichen, aber immer wieder neu - auch er selbst.

Kannte er wirklich alle Geheimnisse des Flurfunks? Oder war er Teil eines Geheimnisses?

17

Neuer Geist:

Das hörbar unhörbare Knistern

Manche hörten die Flöhe husten, andere das Knistern in den Beziehungen zwischen dem Aufsichtsrat und dem Vorstand von Samuel, einer kirchlichen Stiftung, die nach ihrer Satzung zwei Organe hatte, den ehrenamtlich zusammengesetzten Aufsichtsrat und den hauptamtlich besetzten Vorstand. Das Verhältnis war viele Jahre lang von gegenseitigem Vertrauen und Respekt, einer partnerschaftlichen sowie konstruktiv kritischen Beziehung geprägt. Regelmäßig kam man zu gemeinsamen Sitzungen zusammen. Das änderte sich schleichend und nahezu unwahrnehmbar, als die Aufsichtsratsmitglieder, für die die Einheit von Geschichte und die Traditionen, das christliche Selbstverständnis und die kirchlichen Zwecke, die Ökonomie und die Fachlichkeit, das ganzheitliche Management und die diakonische Öffentlichkeitsarbeit wichtig war, insbesondere aus Altersgründen ausschieden. Die neuen Aufsichtsratsmitglieder waren vor allem an den Zahlen interessiert, die natürlich angesichts wirtschaftlicher Herausforderungen nicht unwichtig waren, und weniger an einer Analyse.

„Die Rahmenbedingungen", hatte ein Aufsichtsratsmitglied zu Paula Meier gesagt, „interessieren mich nicht. Nur schwarze Zahlen. Darauf kommt es an."

Samuel legte traditionell großen Wert auf Alleinstellungsmerkmale und auf Glaubwürdigkeit, um auf dem sozialen Gesundheitsmarkt überleben zu können. Viele Insider und Unterstützer, deren Herzen für das Unternehmen schlugen, wussten, dass Hohepriester der absolut gesetzten Ökonomie häufig das Christliche und das Kirchliche nur noch in homöopathischen Dosen tolerieren. Dass Zahlenmenschen im Schulterschluss mit Strippenziehern eines Machtspiels, bei dem es im Grunde nur noch um das „Sagen-haben-wollen" geht, Oberwasser gewinnen können, wenn andere schweigen oder nichts hören und sehen (wollen). Dass ein kirchliches Unternehmen kein Naturschutzgebiet ist, sondern dass es sich mitten in den Herausforderungen der Zeit befindet. Dass es auch kein Campingplatz sein sollte, auf dem nomadisierende Alphatiere ihren persönlichen Müll hinterlassen. Und dass Verantwortungsträger die Aufgabe haben, bei aller Ökonomie die christliche Nächstenliebe und den kirchlichen Auftrag nicht aus dem Auge zu verlieren. Nichtsdestotrotz können gewisse „Hintertüren" zu „Einfallstore" eines neuen Denkens werden. Die Satzung des Unternehmens sah vor, dass neue Aufsichtsratsmitglieder gemeinsam von den Aufsichtsratsmitgliedern und den Vorstandsmitgliedern gewählt werden.

Als eine Person aus Altersgründen aus dem Aufsichtsrat ausgeschieden war, wurde ein Arbeitskreis gebildet, zu dem drei Aufsichtsratsmitglieder und drei Vorstandsmitglieder gehörten, die einen Personalvorschlag für die Neubesetzung des Aufsichtsrates erarbeiten sollten. Dieses Verfahren sah die neue Satzung vor, damit neue Mitglieder nicht durch Zuruf gewählt wurden, was in der Vergangenheit bereits häufiger geschehen war. In einer Vorstandssitzung wurde die Sitzung dieses Arbeitskreises vorbereitet. Man dachte über ein Stellen-, Anforderungs- und Persönlichkeitsprofil nach. Welche Person braucht Samuel im gegenwärtigen Aufsichtsrat für die Zukunft? Wer könnte mit welcher Kompetenz, mit welcher Erfahrung und mit welchen Kontakten die Beratungs- und Aufsichtsfunktion des Aufsichtsrates zusätzlich stärken und die Meinungsbildungs- und Entscheidungsprozesse bereichern? Welche Erwartungen sind besonders wichtig? Zum Beispiel Identifikation mit dem christlichen Leitbild des Unternehmens; zeitliche Ressourcen, um regelmäßig an den Sitzungen teilnehmen zu können; methodische Kompetenz; persönliche Unabhängigkeit. Die erste Sitzung des Arbeitskreises, die von Patricia König geleitet wurde, sollte die letzte sein. Gleich zu Beginn sagte sie mit strengem Blick und gequältem Lächeln zu den drei Vorstandsmitglieder:

„Das wird eine kurze Sitzung. Alle Aufsichtsratsmitglieder haben sich bereits auf eine Person verständigt." Erstaunt fragte Andreas Klein, ob es nicht möglich sei, zunächst gemeinsam über die Frage zu sprechen, welche Kriterien bei der Suche nach einer geeigneten Person wichtig sein könnten. Der Vorstand habe sich bereits dazu Gedanken gemacht. König wurde bei Kleins Ausführungen immer nervöser und zappeliger. Schließlich unterbrach sie ihn:

„Also, wir haben mit Professor Dr. Max Samenkorn gesprochen. Er kennt durch seine Gespräche mit den Chefärzten das Haus. Er ist bereit, diese Aufgabe zu übernehmen." Und Felicitas Fromme fügte noch hinzu: „Er hat bereits zugestimmt."

Alle Vorstandsmitglieder mussten angesichts dieser „Tatsache", an der es offensichtlich nichts mehr zu rütteln gab, zunächst schlucken; ihnen fehlten die passenden Worte, sie waren sprachlos, wirkten hilflos wie Schüler, denen der Schulmeister den Mund zu öffnen verboten hat, um ihnen dann noch einen Maulkorb zu verpassen. Doch nach einer Schrecksekunde nahm sich Andreas Klein, der an die Bedingungen der Satzung dachte, ein Herz. Und es kam zu einem kleinen, aber fragwürdigen Pingpongspiel.

Klein: „Gehört er denn auch einer Kirche an?"

König: „Ist geklärt."

Klein: „Er ist meines Wissens Mitglied eines Beratergremiums eines Krankenhauses in unserer Stadt, das mit uns im Wettbewerb steht. Könnte es da nicht Interessenkonflikte geben?"

König: „Kein Problem. Ich gehöre auch verschiedenen Vereinen in der Stadt an."

Klein: „Sollten wir nicht angesichts der Altersstruktur des Aufsichtsrates ein jüngeres qualifiziertes Mitglied suchen?"

König: „Wenn ich in drei Jahren aus Altersgründen ausscheide, dann kann man ja eine jüngere Person wählen."

Klein: „Vielleicht täte uns eine weitere qualifizierte Frau aus dem Gesundheitsbereich gut, auch wenn ich an die große Berufsgruppe der Pflege denke?"

König: „Frau Fromme und ich sind einverstanden, wenn Herr Samenkorn gewählt wird."

Klein: „Noch einmal zum Thema Alter. Nach unserer Satzung darf er nicht älter als 75 Jahre sein. Wie alt ist Samenkorn überhaupt?"

König: „Kein Problem. Ich rufe ihn an." Und sie verließ das Zimmer. Als sie zurückkehrte teilte sie mit: „Kein Problem. Er ist 70."

Auf der nächsten ordentlichen Aufsichtsratssitzung wurde Professor Samenkorn einstimmig zum neuen Mitglied gewählt. Die kritischen Einwände verstummten. Die ersten fragenden Hilferufe des Vorstandes konnten die engsten Mitarbeiter wahrnehmen. Noch konnte die Assistentin von Andreas Klein, die die Protokolle der Sitzungen schrieb, ihn trösten: „Die Wellen kommen und gehen."

Aber das Rauschen eines neuen Geistes wurde immer bedrohlicher und mächtiger.

18

Alphatiere:
Zahnlose Löwen?!

Sind Alphatiere Löwen auf zwei Beinen? Im Zirkuszelt können Löwen mit ihrem Äußeren, der dichten und blonden Mähne, den feurigen Augen, dem groß aufgerissenen Maul, den kräftigen Pranken, dem imposanten Schwanz, vor allem mit ihren Kunststücken eine Attraktion sein. Doch wenn sie vor einer Maus weglaufen, ernten sie nicht selten Unverständnis und Gelächter. Aber sind Alphatiere, denen die Macht zu Kopf gestiegen ist, die machtverliebt und größenwahnsinnig sind, wie Löwen, die das Maul aufreißen und brüllen, um andere Geschöpfe mundtot zu machen? Ist dann Schluss mit jeder faszinierenden Attraktion? Oder laufen sie feige vor ihrer Verantwortung davon?

Für *Alphatiere*, die im Berufsleben gebraucht werden, ist ihr eigenes Selbstverständnis wichtig. Wie sie ticken, so geben sie auch den Takt an.

Verstehen sie sich als „*Feudalherren*", ist ihre „Herrschaft" von „Zuckerbrot und Peitsche", von Günstlingskultur, von Befehl und Gehorsam, nicht selten von Angst und Willkür, aber unter Umständen auch von Ordnung und Sicherheit geprägt.

Verstehen sie sich als „*Frühstücksdirektoren*", ist eine beliebte „Show" möglich, aber ihre „lange Leine" kann als Bequemlichkeit und Gleichgültigkeit missverstanden und missbraucht werden sowie zur Erfolglosigkeit führen.

Verstehen sie sich als *„Schauspieler"*, können sie auf der Bühne als lammfromm, lieb und nett erscheinen, aber hinter den Kulissen knallhart, kaum zu kontrollieren und zu korrigieren, die Mitarbeiter auf die Palme bringen.

Verstehen sie ihre Leitungsfunktion als *Dienst am Ganzen*, der durch Macht auf Zeit legitimiert und begrenzt ist sowie durch Aufsicht kontrolliert wird, dann werden sie in einer anderen Grundhaltung ihre Verantwortung gegenüber den Mitarbeitern wahrnehmen, sie versuchen anzunehmen und mitzunehmen, ihre Ideen möglichst aufzunehmen, Ihnen eigene Gestaltungsräume zu geben, sie zu fordern und zu fördern sowie mit gutem Beispiel voranzugehen.

Wenn Alphatiere, die wie alle anderen Mitarbeiter auch nicht ohne Gefühle „funktionieren", negative Energie haben, gibt es besondere Probleme. Vieles kann zusammenkommen, sich mischen und zu einem giftigen Cocktail werden. Heimlich kann der Neid eine Rolle spielen, vor allem wenn das Selbstwertgefühl und das Selbstbewusstsein aus dem Gleichgewicht geraten sind: Warum ist mir das nicht vergönnt? Der hat immer Glück, ich habe stets Pech. Man sucht und findet durch ständiges Vergleichen das Haar in der Suppe und übersieht, dass es das eigene Haar ist. Man buhlt um den ersten Platz am Tisch und gibt erst Ruhe, wenn der Beneidete am Katzentisch sitzt. Mit der schneeweißen Kochschürze der sogenannten Gerechtigkeit werden feindselige Gefühle sowie das häufige Abwerten anderer verdeckt, aber auch übersehen, dass auf Dauer das fremde und eigene Seelenleben vergiftet werden. Auch Rachegefühle können von Bedeutung sein. Was nicht richtig ausgetragen worden ist, wird falsch, rachsüchtig nachgetragen, zu einem späteren Zeitpunkt in einem ganz anderen Zusammenhang wieder aufgetischt: Der neue Koch wird zum Prügelknaben, weil der Gast in einem ganz anderen Restaurant schlechte Erfahrungen gemacht, vielleicht viel zu heiße oder viel zu kalte Suppen gegessen hat. Nicht geheilte Verletzungen können plötzlich aus der Vergangenheit an die Oberfläche geraten, wachsende Aggressionen entwickeln und ein Ventil suchen, um Dampf abzulassen. Nicht selten ist das gekränkte Gefühl humorlos, wenn der Eintopf brodelt. Und wenn es immer alte und scheinbar unverdauliche Kamellen kaut, listig jedoch vorgibt, nur Knochen und Fett entfernen zu wollen, damit der Eintopf genießbarer wird, dann geht es in Wahrheit nur darum, andere aufzuwiegeln, damit der Kloß im Halse des Prügelknaben stecken bleibt.

Andreas Klein, der keine Gelegenheit bekam, mit dem Aufsichtsrat über die Stellungnahme des Gutachters Professor Dr. Max Samenkorn zu sprechen, suchte das Gespräch mit dem Chefarzt Dr. Peter von Bingen, der ihm vertrauenswürdig sowie offen erschien. Unter vier Augen eröffnete Klein das Gespräch:

„Sie kennen das Gutachten von Prof. Samenkorn. Können sie sich vorstellen, wie diese Stellungnahme entstanden ist? Ich stochere im Nebel und brauche Ihre Hilfe. Ich verstehe zum Beispiel den Vorwurf leitender Ärzte nicht, dass der Vorstand unnahbar sei, dass es keine Kommunikation zum Vorstand gebe." Von Bingen bestätigte, dass der Professor nur die Meinungen, Wahrnehmungen und Stimmungen der leitenden Ärzte gesammelt hätte.

„Sie sind aber nicht analysiert worden. Mir selbst sind keine kritischen Rückfragen gestellt worden", fügte von Bingen hinzu. „Und in allen Krankenhäusern gibt es solche Spannungen zur Verwaltung." Dann erzählte von Bingen von seinen Erfahrungen. Er sei aus einem Krankenhaus gekommen, wo jeder jeden bekriegt habe. Darüber hinaus hätten Statussymbole wie eigener Parkplatz, eigenes Büro, eigene Sekretärin, eigene Öffentlichkeitsarbeit sowie der Titel eine große Rolle gespielt. Im Krankenhaus von Samuel habe er zunächst ein Stück „heile Welt" erlebt, eine wertschätzende Kultur, wo die Mitarbeiter sich auch noch gegenseitig grüßen. Diese familiäre Atmosphäre sei allerdings in den letzten Jahren mit den neuen Chefärzten immer mehr verschwunden. Viele leitende Ärzte kommunizierten nicht mehr richtig untereinander. Deshalb seien beispielsweise auch das Bettenverteilungskonzept sowie der OP-Status gescheitert. Ein neuer Chefarzt habe zudem Schwierigkeiten, Organisationsprozesse zu strukturieren. Und der leitende OP-Koordinator werde von seinen Kollegen „nicht wirklich" ernstgenommen.

Ein anderer Chefarzt, der fast nur noch „privat" operiere, leide unter der schlechten Infrastruktur, obwohl er mehr Operationen machen könnte, würde er das Haus bereits am frühen Nachmittag verlassen. Wegen seiner „Ruhmsucht" würden die Kollegen ihn als verrückt wahrnehmen. Und dann kam von Bingen zu seiner Deutung.

„Das eigene Unvermögen sowie die eigenen Frustrationen der Kollegen haben dazu geführt, einen Schuldigen zu suchen", sagte er mit ruhiger Stimme. „Und je größer Ihre Erfolge in der Öffentlichkeit wurden, desto größer die Angst, in der Wahrnehmung der Öffentlichkeit selbst zu kurz zu kommen." Klein runzelte die Stirn, als wenn er ihn nicht ganz verstanden hätte. Von Bingen fuhr deshalb fort: „Auch nicht alle Personalentscheidungen in der Pflege, die Sie getroffen haben, fanden bei allen leitenden Ärzten Applaus." Aber Klein wisse doch, dass es im Krankenhaus vor allem um Geld sowie um Macht durch Herrschaftswissen, Herrschaftskönnen und Hierarchie gehe. Und dann folgte ein Satz, der Klein das Blut in den Kopf steigen ließ und er den Atem anhielt:

„Sie sind eben wie Jesus, den man als Unschuldigen gekreuzigt hat."

Jetzt unterbrach Klein:

„Das kann nun wirklich nicht sein". Doch von Bingen blieb dabei und erläuterte die Buhmann-Funktion des Vorstandsvorsitzenden, ohne noch einmal von Jesus zu sprechen. Von Bingen erklärte auf die Frage von Klein, ob er seine Sicht der Dinge vor dem Aufsichtsrat wiederholen würde, mit dem Wort „selbstverständlich". Und nach zwei Tagen, als das Gespräch protokolliert worden war, er es gelesen hatte und gefragt wurde, ob er es auch unterschreiben würde, mit den Worten „Es ist in Ordnung. Ehrlichkeit ist wichtig. Ich unterschreibe. Selbstverständlich." Doch weder Klein noch von Bingen wurden vom Aufsichtsrat in dieser Sache gehört, obwohl Fromme und König eine Kopie des Protokolls erhalten hatten.

Aus Feigheit? Berechnung? Gleichgültigkeit? Klein fragte sich langsam, ob die Löwen wirklich zahnlos waren und ob er überhaupt noch eine Chance hatte, ohne Dompteure und Mitstreiter die Alphatiere zu bändigen.

„Und wenn dann zusätzlich", sagte er beim Abendbrot fast verzweifelt seiner Frau, „immer mehr Alphatiere im Aufsichtsrat tätig sind – was kann dann noch alles passieren?".

19

Gottes Wort:

Bloßes Gerede oder Lebenskraft?!

Ein feiner Schimmer stand in seinen Augen, wenn Andreas Klein über sein Leben als Christ sprach. Vielleicht klangen seine Erinnerungen und Erfahrungen weltfremd und altmodisch in den Ohren anderer. Andreas Klein jedenfalls hatte bereits als Kind und Jugendlicher von seinen Eltern, von der Religionslehrerin, dem kirchlichen Jugendwart und dem Gemeindepastor, der ihn auch konfirmiert hatte, von Jesus und seiner Botschaft „das ein oder andere" gehört.

Besonders gefallen hatte ihm, dass Jesus die Menschen so annahm, wie sie waren, die Zöllner und Sünder der damaligen Zeit, die jedoch nicht so blieben, sondern sich veränderten. Auch hatte er von seinen Eltern gelernt, wie wichtig es für die eigene und fremde Seele sein kann, grundsätzlich vergebungsbereit zu sein. In schwierigen Situationen konnte es vorkommen, dass seine Eltern mit den Kindern das Vaterunser beteten. Die Aussage „Und vergib uns unsere Schuld, wie wir vergeben unseren Schuldigern" ging ihm jedes Mal unter die Haut. Und das hatte für ihn schon in der Kindheit Konsequenzen. Wenn es Streitigkeiten mit seinen Geschwistern gab, konnte er erst schlafen, wenn sie sich vertragen hatten, wenn es hieß „Entschuldige bitte...". Und „Schwamm drüber." Denn wenn Gott ihm selbst immer wieder Neuanfänge schenkte, konnte er dann noch seinem Bruder die Hand verweigern?! Im Gegenteil: er sollte sie ihm doch offensiv und versöhnend reichen!

Nach einem gemeinsamen Gottesdienstbesuch prünte und nörgelte der 12-jährige Andreas auf dem Rückweg – mal wieder –, weil die Predigt des Pastors – schon wieder – langweilig oder unverstanden war. Dann bekam er schon mal einen liebevollen Tipp seines Vaters, der auch nicht immer von der religiösen Rede des Pastors begeistert war:

„Vielleicht hat Dich nur ein Wort aus der Predigt angesprochen. Dann nimm es einfach mit nach Hause." Und als er einmal „ein Wort" aus der Fülle der unverstandenen Worte eingesammelt hatte und bedachte, erlebte er einen Lichtstrahl in seiner traurigen Seele, die sich vor der Klassenarbeit in der nächsten Woche ängstigte:

„Alle eure Sorgen werfet auf ihn, denn er sorgt für euch!" – Das tat ihm gut, auch im Blick auf die Vorbereitung der Klassenarbeit.

In der Pubertätszeit diskutierte Andreas Klein mit anderen Jugendlichen über das große Thema „Liebe" im Jugendbibelkreis der Kirchengemeinde. Manche glaubten, die Bibel sei leibfeindlich und vermiese die Freude an der Sexualität. Andere zeigten deshalb kein Interesse, wollten sich mit dem alten Mief der Bibel nicht weiter beschäftigen, weil sie nur Moralin und Bevormundung erwarteten.

Da bat der Jugendwart die Jugendlichen, die alle eine Bibel in der Hand hatten, doch einmal „Das Hohelied Salomos" in der Bibel aufzuschlagen. Nicht schlecht staunten alle über diese Sammlung der Liebeslieder, zum Beispiel über die Sehnsucht nach Liebe:

„Wie eine Lilie unter den Dornen, so ist meine Freundin unter den Mädchen. Wie ein Apfelbaum unter den wilden Bäumen, so ist mein Freund unter den Jünglingen. Unter seinem Schatten zu sitzen begehre ich, und seine Frucht ist meinem Gaumen süß. Er führt mich in den Weinkeller, und die Liebe ist ein Zeichen über mir. Er erquickt mich mit Traubenkuchen und labt mich mit Äpfeln; denn ich bin krank vor Liebe. Seine Linke liegt unter meinem Haupte, und seine Rechte herzt mich."

Diese Worte beeindruckten alle sehr. Für Andreas Klein, aber auch für andere Jugendliche, wurde deutlich: Die Bibel ist menschenfreundlich. Und das schließt den Körper des Menschen mit ein. Eine weitere Einsicht im Blick auf biblische Weisheiten, die das Leben prägen können, gewann Andreas Klein im Religionsunterricht. Dort wurde heiß und manchmal auch sehr unfriedlich über die „Friedfertigen" diskutiert: „Selig sind die Friedfertigen; denn sie werden Gottes Kinder heißen." Nachdem er sich intensiv mit dieser biblischen Botschaft auseinandergesetzt hatte, fasste Andreas Klein, der auch ein Stundenprotokoll anfertigen sollte, das Ergebnis zusammen.

Wer das biblische Wort gut findet, sollte nicht Unfrieden säen, sondern Frieden stiften. Dieser Frieden sei mehr als eine Abwesenheit von Konflikten, mehr als Ruhe und Ordnung, keine Kapitulation vor einer heillosen Welt, keine Flucht in die heile Welt einer privaten Nische. Wohl aber gehöre zu diesem Frieden für einen gläubigen Menschen, der von Gott befriedet worden ist, sich für eine heilbarere Welt einzusetzen, aktiver Brückenbauer zu sein, damit ein friedensstiftendes Leben in der Glückseligkeit vollendet werden könne. Und für Andreas Klein bedeutete diese Haltung nicht, dem pazifistischen Verhalten des Igels nachzueifern, der in Gegenwart des Fuchses seine Stacheln mit dem Hinweis ablegt „Die provozieren nur". So naiv und blauäugig jedenfalls wollte Klein nicht sein oder werden.

Im Konfirmandenunterricht versuchte der Pastor, den Konfirmanden die Person Jesu und seine Bedeutung für die Gegenwart nahezubringen. Einmal zitierte er einen überlieferten Satz Jesu aus dem Markusevangelium:

„Wer groß sein will unter euch, der soll euer Diener sein. Und wer unter euch will der Erste sein, der sei aller Knecht."

Das war damals, aber auch später für Andreas Klein eine gewisse geistige Nuss, die er knacken musste. Natürlich wollte er als Klassensprecher, später als Schülersprecher und dann auch als Vorstandsvorsitzender von Samuel nicht offen oder heimlich herrschen, aber auch nicht dienern oder nur an das möglichst viel Verdienen denken. So einfach, den Dienst als christlicher Verantwortungsträger wahrzunehmen, war es im Alltag eben nicht. Denn wenn man einem Mitschüler oder Mitarbeiter „die Füße wäscht", können andere diesen Dienst als Schwäche oder Gutmenschentum missverstehen, für das eigene Machtspiel instrumentalisieren und ausnutzen. Andreas Klein dachte darüber hinaus an den Aphorismus von Schiller: „Es kann der Frömmste nicht in Frieden leben, wenn es dem bösen Nachbarn nicht gefällt". Vielleicht reichte ja auch ein Vorgeschmack des Dienstes im Sinne Jesu, wenn Konflikte möglichst fair, sachlich, wahrheitsgemäß und vor allem lösungsorientiert und versöhnlich ausgetragen werden.

Im Alter von 17 Jahren wurde die Frage immer häufiger gestellt: „Andreas, was möchtest Du mal werden?" Seine Mutter gab zu bedenken: „Als Jurist würden Dir viele Türen offenstehen." Sie hatte zwar Recht, aber sein Herz schlug für die Theologie und den Journalismus.

Andreas Klein passte nicht in einen Schubladen, der aufgezogen wird, um dann jemanden hineinzupressen. Dafür war er ein viel zu quirliger und unabhängiger Querdenker. Aber als Christ verstand er sich schon. Klein wusste, dass sein christlicher Glaube mehr als ein schönes „Fühlen" war, kein einfaches „Meinen" oder bloß ein „Anerkennen" richtiger Lehr- und Bibelsätze. Er verstand seinen Glauben als ein Grundvertrauen, dass er mit Gott rechnen kann und dass er sich vor ihm zu verantworten hat. Diese Gewissheit, sich letztlich in Gott geborgen zu erleben, war für ihn ein tolles Geschenk, das eine Bedeutung auf und für sein Leben hatte. Das Gefühl der Ergriffenheit konnte ihn beim Begreifen der biblischen Botschaft, die er auf sich persönlich und die Gegenwart bezog, überwältigen. Sein Glaube –

und dabei dachte er auch an die Aussage des Apostel Paulus im Römerbrief Kapitel 10, Vers 17 – komme ja nicht aus dem „Gehorchen", sondern aus dem „Hören" auf das lebendige Wort Gottes. Man müsse deshalb ganz Ohr sein, ungefiltert und offen hinhören. Und nicht nur heraushören, was man hören will oder nicht so genau hinhören. Natürlich auch nicht die Stimme Gottes im biblischen Wort einfach überhören. Klein war davon überzeugt, weil er selbst solche oder ähnliche Erfahrungen gesammelt hatte: Wenn eine lebendige Beziehung zwischen dem Wort Gottes und dem Leser entsteht, dann kann ein gläubiger Leser Feuer fangen, verwandelt und erneuert werden, neu verstehen sowie neu leben lernen. Das Wort Gottes ist dann kein leeres Wort, sondern kann aus dem Schlaf der Sicherheit und Gewohnheit, der Selbstgerechtigkeit und Selbsterlösung wecken, das Masken- und Theaterspiel des Lebens aufdecken sowie Gefallene aufrichten. Klein wusste also, dass das Christentum keine Buchreligion ist, dass die Mitte des christlichen Glaubens kein Buch ist, wohl aber eine Person. Denn „das Wort ist Fleisch geworden und hat unter uns gewohnt". Aber ohne das Buch der Bücher, dem Bestseller der ungelesenen Bücher, gab es kein umfassendes Wissen über diesen Jesus mit einer einzigartigen Botschaft.

Es gab viele Gründe, ein Theologiestudium zu beginnen. Aber Andreas Klein wollte sich zunächst noch genauer und systematischer mit der Bibel beschäftigen, um eine „gereifte Entscheidung" zu fällen. Denn diese religiöse Textsammlung, die er als ein Buch des Heiligen

Geistes ansah, konnte ihm vielleicht auch Antworten auf seine Fragen geben: Wer war Jesus? Und welche Bedeutung hat er für mich in der Gegenwart für die Zukunft?

Im Alter von 17 Jahren begann Andreas Klein in den Schulferien die Bibel täglich sowie systematisch zu lesen. Er unterstrich Stellen, die ihm wichtig erschienen, machte Fragezeichen an den Rand, wenn er etwas nicht verstanden hatte oder Ausrufezeichen, wenn er etwas Neues entdeckt hatte. Es kam ihm vor, als wenn er ein großes altes Haus mit sehr vielen Räumen, das im Laufe der Zeit umgebaut und ausgebaut worden ist, betreten hätte.

In den ersten Räumen fielen Andreas Klein Aussagen auf, die er gerne las: „Gott schuf den Menschen zu seinem Bild, zum Bilde Gottes schuf er ihn; und schuf sie als Mann und Frau." Oder „Da machte Gott der Herr den Menschen aus Erde vom Acker und blies ihm den Odem des Lebens in seine Nase. Und so war der Mensch ein lebendiges Wesen." Aber es gab auch Langweiliges zu lesen wie die Völkertafel oder die Kleidung der Priester. Brutales wie die Schandtat der Dina und das Blutbad zu Sichem. Spannendes wie der erfolgreiche Auszug des Volkes Israel aus Ägypten: „Der Herr wird für euch streiten, und ihr werdet stille sein." oder die Zehn Gebote. Bedrückendes wie die Geschichte von Hiob und manche Geschichten der Propheten. Und Gemischtes wie die Psalmen, Klagen, Lobgesänge und Weisheitspsalmen.

In weiteren Räumen studierte Klein die Lebensgeschichten Jesu. Wer aber war nun Jesus? Viele Mitmenschen damals, erfuhr er, entsetzten sich. Andere wurden neugierig. Manche freuten sich oder wurden nachdenklich. Jesus, der offensichtlich in kein Schema passte, überraschte und sprengte immer wieder jede Vorstellung über ihn. Er bevormundete nicht, sondern lehrte mit einer besonderen Vollmacht. Und verkündete mit eigener Autorität den Willen Gottes und öffnete so die Tür zum Alten Testament sowie die Tür zum Reich Gottes und damit die Tür zum neuen Leben:

Wie die Sonne das Leben erst ermöglicht, so leben alle Menschen *von* Gott, von seiner grenzenlosen und bedingungslosen Barmherzigkeit.

Wie der Mensch die Sonnenstrahlen suchen kann, so können Menschen *vor* Gott leben, der die letzte Verantwortungsinstanz ist.

Wie der Mensch die guten Erfahrungen mit der Sonne widerspiegeln kann, so können Menschen *mit* Gott leben, der mit seinem Wort ein Leben im Geist der Liebe und der Vernunft, der Weisheit und der Freiheit, des Friedens und der Versöhnung ermöglicht.

Andreas Klein fand in diesen Räumen eine gewisse Vielfalt von Interpretationen im Blick auf *Jesus.*

„Du bist der *Christus!*" bekennt Petrus nach Markus 8,27.

„Du bist der Christus, *des lebendigen Gottes Sohn!*" sagt Petrus nach Matthäus 16,31.

„Du bist der Christus *Gottes!*" wird Petrus nach Lukas 9,18 zitiert.

Was Andreas Klein später lernte, dass der Markusbericht, das älteste und kürzeste Evangelium, bald nach der Zerstörung Jerusalems im Jahr 70 verfasst wurde. Der Matthäusbericht sowie der Lukasbericht, die gegen Ende des ersten Jahrhunderts geschrieben wurden, waren von Markus abhängig, hatten jedoch auch ferner Zusatzinformationen aufgenommen. Was Klein jedoch mit seinen 17 Jahren in einem anderen Raum registrierte, war die entscheidende neutestamentlich Aussage über Jesus, die Paulus macht:

„Denn ich hielt es für richtig, unter euch nichts zu wissen allein Jesus Christus, den Gekreuzigten". Denn „Ist aber Christus nicht auferstanden, so ist unsere Predigt vergeblich, so ist auch euer Glaube vergeblich. Nun ist aber Christus auferstanden von den Toten als Erstling unter denen, die entschlafen sind".

Immer mehr entwickelt sich Andreas Klein vom Gast zu einem Bewohner des Hauses mit den vielen Zimmern und wurde mit hineingenommen in die Lebensgeschichte Jesu. Als es ihm wie Schuppen von den Augen fiel und er das Wirken des Heiligen Geistes in sich spürte, ohne schwärmerisch zu werden, beschloss er mit Freude und Gottvertrauen Theologe zu werden.

Und die Bibel sollte ihn ein Leben lang begleiten, nicht als Rezeptbuch für das schnelle Glück, nicht als Ratgeber oberflächlicher Allerweltsweisheiten, auch nicht als Steinbruch für schöne Sprüche oder für politische Parolen, wohl aber als ethischer Kompass, um sich in der Welt zurechtzufinden sowie als geistliche Quelle, um täglich Kraft zur Verantwortung, zur Liebe und zur Freiheit schöpfen zu können.

20
Glaubwürdigkeit:
Basis von Christen und Muslimen?!

Die zwei Seiten einer Medaille wurden für Paula Meier, die eine eifrige Kirchgängerin war, immer wichtiger: Ökonomie und Theologie gehörten in einem Vorstand untrennbar zusammen, wenn man ein kirchliches Unternehmen erfolgreich führen wollte. Allerdings war die unabdingbare Vorbedingung das gegenseitige Vertrauen, die menschliche Chemie; der Schlüssel zum Erfolg die Glaubwürdigkeit. Nach einer Vorstandssitzung suchte Paula Meier ein Vier-Augen-Gespräch mit Andreas Klein. Sie bat um Vertraulichkeit und dann – wie ein Blitz aus heiterem Himmel – sagte sie:

„Ich habe mich verliebt." Für eine zehntel Sekunde dachte Klein: „In Dich?", verdrängte jedoch sofort diesen unpässlichen Gedanken und hörte genau hin.

„Ich habe mich in einen Oberarzt des benachbarten Krankenhauses verliebt", begann Paula Meier. „Wir sind seit etwa einem halben Jahr zusammen."

„Das freut mich", reagierte Klein und atmete erst einmal tief durch.

„Vor kurzem haben wir darüber gesprochen zu heiraten. Nur ist das gar nicht so einfach, da Ahmed ein gläubiger Muslim ist und nach der muslimischen Tradition nur die Hochzeit mit einer Jungfrau möglich ist." Klein überlegte, wusste allerdings spontan nichts zu sagen. Für einen Augenblick war eine unheimliche Stille im Zimmer.

Paula Meier fing an zu weinen und schluchzte:

„Ich habe schon überlegt, die Religion zu wechseln und Muslimin zu werden. Ich bin so verzweifelt, das können Sie sich nicht vorstellen. Wenn das die einzige Lösung ist – muss es das vielleicht sein?" Nachdem ihre Tränen mit einem Taschentuch, das Klein ihr gereicht hatte, getrocknet waren, wurde das Gespräch mit theologischen Fragen fortgesetzt.

„Christen und Muslime glauben doch alle an den einen Gott. Warum können wir nicht friedlich und glücklich miteinander leben?" Andreas Klein, der mit einer Familie befreundet war, in der der Mann Muslim und die Frau Christin war, sprach aus eigener Anschauung.

„Ist das mit dem „einen Gott" wirklich so? Wichtig erscheint mir", sagte Klein, „dass die Basis der Übereinstimmungen breit genug ist, damit die Unterschiede gemeinsam getragen werden können. Darüber sollte man offen und ehrlich sprechen".

„Verstehe ich nicht!"

„Die gegenseitige Wertschätzung der Person und der gegenseitige Respekt vor dem Andersgläubigen ist sozusagen ein gemeinsames Vorzeichen vor der Klammer einer religiös gemischten Beziehung. Und dieses Vorzeichen sollte die unterschiedlichen Inhalte in der Klammer prägen".

„Verstehe ich immer noch nicht!"

„Die Säulen des Islam werden geachtet. Und auch der christliche Glaube an die Dreieinigkeit wird geachtet."

Das war wohl eine geistige Steilvorlage für Paula Meier.

„Mit der Dreieinigkeit habe ich als Christin aber auch meine Probleme."

„Wir Christen glauben an Christus. Darum nennen wir uns Christen. Jesus ist für uns Christen mehr als ein frommer Mensch, auch mehr als ein Prophet. Im Glauben an Jesus Christus können wir einen Blick in das Wesen Gottes tun: Er ist die schöpferische Liebe, die stärker als der Tod ist und nur Neuanfänge kennt."

„Und die Dreieinigkeit?"

Jetzt kam Andreas klein so richtig in theologisches Fahrwasser und trug das, was er gelernt hatte vor.

„Wir glauben an den dreieinigen Gott. An den Schöpfer als den Urgrund und das Urziel allen Lebens. An Jesus als den Erlöser und Befreier. An den Heiligen Geist als den Erhalter und Erneuerer".

„Aber sind das nicht einfach nur theologische Formeln?"

„Zunächst Ja. Wenn der Geist nicht selbst in einem Menschen und durch einen Menschen wirkt, bleibt die Botschaft leer, abstrakt und machtlos."

„Aber was bringt das für meine Frage nach einem Zusammenleben von Ahmed und mir?"

„Vielleicht sollten sie beide versuchen, den wahren Schatz der Bibel und den wahren Schatz des Korans zu heben."

„Wie soll denn das gehen?"

„Man muss sich einig sein, dass Auslegung notwendig ist, um den jeweiligen Schatz finden zu können. Ohne die Scheuklappen der Vorurteile abzulegen, ohne ein wortwörtliches Verständnis der religiösen Texte zu überwinden, wird man den eigentlichen Sinn einer Aussage nicht entdecken können. Beim Lesen muss eine kritische Brille aufgesetzt werden, um einen Zugang zur Bedeutung des Textes zu bekommen".

Paula Meier blickte Andreas Klein nur fragend an. Und der dozierte weiter.

„Wenn es beispielsweise im Koran in Sure 2.191 heißt „Tötet die Ungläubigen!", ist ein wörtliches Verständnis ein Schrittmacher, der den Tod bringen kann. Oder Sure 5,51 „Nehmt euch nicht die Juden und Christen zu Freunden." Ein wörtliches Verständnis dieser Sure verhindert ein gedeihliches Miteinander von Christen und Muslimen."

Diese Ausführungen schienen Paula Meier zu provozieren.

„Und die Bibel kennt solche Aufrufe nicht!?"

„Auch im Alten Testament gibt es „Kriegspropaganda". Aber das Neuen Testament, insbesondere die Bergpredigt Jesu, macht deutlich, dass der Wille Gottes Hass und Feindschaft ausschließt und niemand zum Glauben mit Gewalt gezwungen werden darf."

„Und", fügte Klein noch hinzu, „man muss als Christ das Alte Testament im Lichte des Neuen Testamentes lesen, dann entdeckt man versteckte Wahrheiten neu und kann mit dem Thema Gewalt in der Überlieferung des Alten Testamentes neu umgehen lernen."

„Und im Blick auf den Koran?"

Andreas Klein versuchte zu erläutern, warum im Koran sowohl friedfertige Suren als auch Suren mit Aufforderungen zur Gewalt enthalten sind. Dass der Prophet Mohammed nicht nur Gottsucher seiner Zeit war, vor allem zunächst in Mekka, sondern auch – im Gegensatz zu Jesus – Kriegsherr und Staatsführer, vor allem in Medina. Und an den verschiedenen Orten zu unterschiedlichen Zeiten „Offenbarungen" unterschiedlicher Ausrichtung hatte.

„Jeder soll doch seinen Glauben so leben wie er will oder nicht?" seufzte Paula Meier, die immer mehr zu verstehen versuchte.

„Religionsfreiheit ist schon wichtig. Aber ein göttliches Gesetz darf nicht Vorrang vor dem weltlichen Gesetz haben, jedenfalls nicht bei uns", sagte Andreas Klein.

„Aber warum das denn nicht, wenn doch einer fest glaubt?"

„Religiöse Sittenwächter, die eine religiöse Deutungshoheit beanspruchen, können dann zum Beispiel den Wert der Gleichberechtigung missachten. Es gibt weniger Probleme, wenn Ahmed den Koran mit kritischen Augen liest. Wenn er aber alles wortwörtlich versteht, bekommen Sie bei aller Liebe zu ihm

Probleme mit der Gleichberechtigung." Und dann ging er zum Bücherregal, nahm den Koran heraus und las Sure 4,34 vor:

„Die Männer haben Vollmacht und Verantwortung gegenüber den Frauen, weil Gott die einen vor den anderen bevorzugt hat und weil sie von ihrem Vermögen (für die Frauen) ausgeben. Die rechtschaffenen Frauen sind demütig ergeben und bewahren das, was geheim gehalten werden soll, da Gott es geheim hält. Ermahnt diejenigen, von denen ihr Widerspenstigkeit befürchtete, und entfernt euch von ihnen in den Schlafgemächern und schlagt sie. Wenn sie euch gehorchen, dann wendet nichts Weiteres gegen sie an. Gott ist erhaben und groß."

„So etwas höre ich gerade zum ersten Mal!" empörte sich Paula Meier.

„Wenn Sie diese Aussage als Aussage einer historischen Zeit lesen, hat sie keine unmittelbare Bedeutung für die Gegenwart! Das gilt natürlich auch für biblische Aussagen," beruhigte Andreas Klein seine Kollegin, zog die Bibel aus dem Schrank und zitierte den Apostel Paulus: „Wie in allen Gemeinden der Heiligen sollen die Frauen in den Gemeindeversammlungen schweigen; denn es ist ihnen nicht gestattet zu reden, sondern sie sollen sich unterordnen, wie auch das Gesetz sagt. Wenn sie aber etwas lernen wollen, so sollen sie zu Hause ihre Männer befragen".

Immer mehr dämmerte es Paula Meier, wie wichtig es doch war, sich religiöses Wissen und theologisches Handwerkzeug

144

anzueignen, um nicht ständig im Nebel der Gefühle zu stochern und nicht religiösen Rattenfängern auf den Leim zu gehen oder sich von politischen Gesinnungspolizisten instrumentalisieren zu lassen. Liberale und tolerante sowie religiös gebildete Muslime, die das christliche Leitbild von Samuel achten, so dachte sie, werde sie auch weiterhin willkommen heißen. Aber mit Andreas Klein war sie sich einig: Fundamentalisten und Fanatiker, die menschen- und frauenverachtend eingestellt sind und Christen als „Ungläubige" ansehen, haben in einer christlichen Dienstgemeinschaft nichts zu suchen.

Und sie kannte bereits ein Thema, dass sie beim nächsten Treffen mit ihrem Freund auf jeden Fall ansprechen wollte.

21
Ungewöhnliche Kälte:
Anfang vom Ende?!

Es ließ ihm den Atem stocken. Die Vorsitzende des Aufsichtsrates und ihre Stellvertreterin hatten kurzfristig um ein Gespräch mit Andreas Klein gebeten. Thema? Die Oberkirchenrätin i. R., die gerne mit ihrer großen Leitungserfahrung kokettierte, und die ehemalige Top-Managerin, die bei jeder sich bietenden Gelegenheit stolz von ihrer Personalführung erzählte – „Ich war Vorgesetzte von mehreren Tausend Mitarbeitern" –, hatten ihn im Ungewissen gelassen. Felicitas Fromme begann das Gespräch im Büro von Klein mit den Worten:

„Kommen wir gleich zur Sache. Der Aufsichtsrat hat ohne den Vorstand getagt. Er hat kein Vertrauen mehr zum Vorstandsvorsitzenden. Die Stellungnahme von Professor Samenkorn, die noch freundlich abgefasst worden ist, hat gezeigt, dass Ihr Umgang mit den Chefärzten schlecht ist. Wir sehen nur ohne Sie eine Zukunft für das Unternehmen. Es gab, um ehrlich zu sein, zunächst radikale Stimmen im Aufsichtsrat. Aber jetzt suchen wir nach einer guten Lösung für Sie und Samuel. Vielleicht gibt es ja für Sie die Möglichkeit, woandershin zu gehen. Nur sollten Sie bleiben wollen, werden wir andere Maßnahmen ergreifen. Und sei es, dass wir die Satzung ändern, damit Sie nicht länger Vorsitzender des Vorstandes sind."

Andreas Klein hielt den Atem an. Patricia König ergänzte:

„Es gibt auch Hinweise, dass nicht nur Chefärzte ein schlechtes Verhältnis zu Ihnen beklagen, sondern auch Personen aus dem Bereich der Kirche. Die Vertreterin der Helfenden Schwestern im Vorstand hatte Tränen in den Augen; aber sie wollte über die Vorstandsarbeit nicht sprechen."

Andreas Klein dachte, dass er nicht richtig höre. Vor seinem inneren Auge sah er die Frau, die keine Helfende Schwester war, aber die im Feierabend lebenden Helfenden Schwestern im Vorstand vertrat. Die Vorstandskollegin war zu ihm stets freundlich und lobte manchmal auch seine Sitzungsführung sowie seine Leitungstätigkeit. Allerdings hatte er nicht verstanden und es ihr auch gesagt, dass sie ihre „Freundinnen" im Unternehmen nicht einfach bevorzugen dürfe. Und er hatte sie bremsen müssen, als sie – aus seiner Sicht – unberechtigterweise eine leitende Mitarbeiterin verdrängen und ausbooten wollte. Wofür er jedoch gar kein Verständnis hatte, dass sie superfreundlich, ja liebevoll zu ihrer Vorgängerin sein konnte, wenn sie anwesend war, aber in ihrer Abwesenheit kein gutes Haar an ihr ließ, sie sogar dämonisierte. Systematisch versuchte sie, die Spuren ihrer Vorgängerin mit einem freundlichen Lächeln und zugleich einer ungewöhnlicher Kälte zu löschen. Und hatte sie nicht auch mehrmals im Vorstand die Aufsichtsratsmitglieder, bei denen sie offensichtlich ein offenes Ohr gefunden hatte, als „sehr stressig, unqualifiziert und unmöglich" bezeichnet?!

„Können Sie nicht Beispiele nennen?" bat Klein seine Gesprächspartner. Wie abgesprochen kam die Antwort:

„Die Schilderung von Einzelfällen bringt nichts." Dann sagte Patricia König: „Wir brauchen einen neuen Kopf. Sie machen anderen
Personen Angst. In der Vergangenheit haben Sie stets erfolgreich die
Kommunikation mit Chefärzten verhindert. Aber wir wollen nicht,
dass es zu einem Gesichtsverlust kommt. Und ihr Lebenswerk zerstört wird. Deshalb gehen wir fair mit Ihnen um. Was ein unfaires
Verhalten ist, habe ich selbst erlebt, als ich nach vielen Jahren plötzlich mein Unternehmen verlassen musste. Und noch etwas muss ich
Ihnen sagen. Ich war überrascht, dass Sie bei der Eröffnung des
neuen Hotels in unserer Stadt anwesend und mit Ihrer Frau anschließend auf einem Foto zu sehen waren." Jetzt musste auch Klein
etwas sagen:

„Also bitte, im Rahmen meiner Netzwerk- und Öffentlichkeitsarbeit, die unserem Haus zu Gute kommt, nehme ich auch solche
Einladungen an. Viele Kontakte kann ich knüpfen...". Da wurde er
von Fromme unterbrochen, die ein ganz anderes Thema ansprach:

„Sie haben auf meinen Rat nicht gehört und Aufsichtsratsmitglieder besucht, obwohl ich Ihnen davon abgeraten habe." Klein hatte
keine Chance. Konkrete Einzelheiten oder Beispiele wurden nicht
genannt. Er durfte auch nichts zur „Stellungnahme" Samenkorns sagen.

„Haben Sie eigentlich den Aktenvermerk des Gespräches mit Chefarzt Peter von Bingen gelesen, der im Gegensatz zu Samenkorn seine Kollegen sehr kritisch sieht?" Keine Antwort. Nur der bekannte Satz folgte, der sich wie ein Pfeil in sein Herz bohrte:

„Schilderungen von Einzelfällen bringen nichts."

Andreas Klein stockte der Atem.

Als die Vertreter des Aufsichtsrates gegangen waren, musste Klein tief durchatmen. Was hatte er erlebt? Schlechte Unterhaltung? Einen bösen Traum? Billigen Populismus? Top-Managerinnen, die mit ihren Ressentiments im Namen von Vertrauen und Fairness das Vertrauen und die Fairness zerstören? Bildungsbürger, die Bildung bekämpfen? Retter, die vernichten?

Klein wusste keine Antwort. Ihm fiel nur noch der Satz ein „Und ob ich schon wanderte im finsteren Tal, fürchte ich kein Unglück." Und er betete, ohne die Hände zu falten und ohne dass auch nur ein Wort über seine Lippen kam. Und er schwieg, um wieder hören zu können.

22

Maskenzeit:
Über sich selbst lachen können?!

Manch braver Bürger liebt die Maskenzeit. Beim Karneval kann er ordentlich auf die Pauke hauen, seine Alltagsmaske ablegen, für eine gewisse Zeit alltägliche Regeln links liegen lassen, unvoreingenommen „Wildfremde" kennenlernen oder mit „Wilden" auf der Straße einfach tanzen. Und ganz unterschiedliche Masken aufsetzen, häufig eine rot leuchtende und kugelrunde Pappnase, die kleinste Maske der Welt.

Die gebürtige Rheinländerin Patricia König war eine begeisterte Karnevalsanhängerin und fuhr mit ihrer Freundin regelmäßig in eine Karnevalshochburg, einem Ort ritualisierten Frohsinns. Jeder hätte mitfeiern können, auch die beiden Ehepartner der beiden Freundinnen. Aber keiner musste mitfeiern. Die beiden Frauen ließen sich jedoch das Feiern und das Lachen nicht verbieten: Nicht von Spaßverderbern, die mit bösen Blicken auf Spaßvögel herabsahen. Nicht von hinterhältigen Teufeln, die sich so wichtig und schwer machten, dass sie selbst im Sumpf der Freudlosigkeit oder Schadenfreude versanken. Nicht von süßen Engeln, die so leicht und naiv waren, dass sie den Ernst und das Gewicht mancher Situation viel zu spät erkannten. Nicht von Teufeln, die sich als Engel verkleidet hatten und andere bloßstellten und verhöhnten. Nicht von Engeln, die sich als Teufel verkleidet hatten und nur ihre albernen und peinlichen Phantasien auslebten.

Die Frauen konnten manchmal herzhaft lachen und vor Lachen auf ihre Schenkel schlagen, manchmal hämisch, manchmal auf Knopfdruck, manchmal auch an der richtigen Stelle zum richtigen Zeitpunkt. Eigentlich lachten sie ständig. Über den quirligen Witzbold, der ihnen geschickt das Wort im Munde verdrehte. Über den dummen August, der wie ein ahnungsloses Kind daherkam. Über den Weißclown, der einen normierten Menschen spielte. Über den Hofnarren, der unangenehme Wahrheiten aussprach. Über den behäbigen Bären, der lustlos hinter einem Karnevalswagen her trottete. Über den tollpatschigen Elefanten, der mit seinen plumpen Sprüchen Porzellan im Laden der Gefühle zerstörte. Über das dressierte Pferd, das Witze nicht verstand und häufig an der falschen Stelle wieherte. Über die lahme Ente, die sich nicht mehr freuen konnte und eine tragische Figur abgab. Über das scheue Reh, das Hals über Kopf vor gehauchten Küssen flüchtete. Über den brüllenden Löwen, der wie ein Bettvorleger wirkte.

Nur über sich selbst konnten sie nicht wirklich lachen. Wenn sie über die Stränge schlugen und Luftsprünge machten, weil sie in den Geist der Freiheit vernarrt waren, fielen sie schon mal auf die Nase. Das schmerzte. Oder wenn sie ihre Nasen zu sehr in den Wind hielten, um nach ihrer eigenen Besonderheit und Erhabenheit zu schnüffeln, konnte eine Bauchlandung die Folge sein. Das hinterließ

Spuren. Beide Frauen setzten gerne Masken auf, um das Gesicht zu verstecken, frei, undurchschaubar sowie unberechenbar sein zu können. Aber auch um das Gesicht nicht zu verlieren, damit sie anderen unbekümmert den Marsch blasen oder Gefühle vortäuschen konnten. Als einmal jemand ihnen die Masken vom Gesicht riss, versteinerten ihre Gesichtszüge. Und es war Schluss mit lustig. Nach einer durchfeierten Nacht schaute Patricia König morgens in den Spiegel und erschrak:

„Bin ich das wirklich? Erkenne ich mich in dieser Grimasse wieder?" Und seltsame Gedanken schossen ihr durch den Kopf.

„Wie kommt ein Lächeln in mein Gesicht? Mit Hilfe einer anderen Maske? Mit mehr Schminke? Wenn ich häufiger einen Blick in den Spiegel werfe?" Für einen Augenblick zweifelte sie an ihrem Nervenkostüm und fühlte sich wie ein geprügelter Hund als sie daran dachte, die Maske hinter den Masken nie mehr los zu werden.

Doch dann ging sie zur Tagesordnung über, sprang gleichsam wie ein Clown, der zunächst in der Finsternis lebt und sich hier sehr wohl fühlt, kopfüber ins Rampenlicht ihrer Verantwortung, wo sie sich mit ihren Masken auch pudelwohl fühlte.

Aber über den Clown in sich selbst konnte sie immer noch nicht lachen. Es war schwer, eine Tarnmaske vom Gesicht zu bekommen.

23
Mobbing:
Flucht oder Gelegenheit?!

Wenn er schon keine Zukunft in seinem „Lebenswerk" ermöglicht bekam, weil der Aufsichtsrat kein Vertrauen mehr zu ihm hatte und offensichtlich einen Sündenbock brauchte, um die Gruppe der Chefärzte zu stärken, warum sollte er dann nicht nach einer anderen Tätigkeit außerhalb von Samuel Ausschau halten? Also sprach er mit einem leitenden Kirchenmann aus einer anderen Landeskirche, den er seit vielen Jahren kannte.

„Kannst Du nicht etwas für mich tun?"

„Das habe ich bereits versucht, Andreas. Du weißt, wie sehr ich dich schätze. Dein Know-How, deine Öffentlichkeitsarbeit, vor allem jedoch deinen ganzheitlichen Ansatz. Du vergisst bei aller notwendigen Ökonomie die christlichen Wurzeln nicht", antwortete er.

Dann erzählte er, dass die Kirche vor einigen Monaten für ein großes diakonisches Werk eine neue Leitung gesucht habe. Sofort hätte er an ihn denken müssen. Als er jedoch in einer Aufsichtsratssitzung den Namen Andreas Klein genannt habe, hätte die Aufsichtsratsvorsitzende seinen Vorschlag ganz spontan einfach abgelehnt.

„Aber die kennt mich doch gar nicht", unterbrach ihn Klein.

„Aber die weiß um Deine politische Einstellung", versuchte der leitende Kirchenmann ihn zu beruhigen. Und habe wie viele andere

Pfarrer und Kirchenräte auch ein Feindbild, wenn jemand sich in einer anderen Partei engagiere oder engagiert habe, die nicht zu ihrem politischen Weltbild passe. Er selbst gehöre zwar einer anderen Partei als Andreas Klein an, aber für ihn seien die Persönlichkeit und die Kompetenz bei der Besetzung von Führungsstellen im Raum der Kirche und Diakonie wichtiger als die Zugehörigkeit zu einer Partei. Ein anderes Mal sei er als leitender Kirchenvertreter deshalb taktisch vorgegangen, habe zunächst Kleins Profil und Kompetenz beschrieben, sogar breite Zustimmung gefunden – bis er seinen Namen nannte. Drei Teilnehmer hätten sofort gerufen: „Den auf keinen Fall." Und er wisse, dass da vor allem politische Gründe eine Rolle gespielt hätten. Obwohl Andreas Klein einer modernen Volkspartei und keiner politischen Sekte angehöre. Überhaupt werde nach seiner Erfahrung sowie seiner Kenntnis der Theologe in der Leitung eines kirchlichen Wirtschaftsunternehmens schnell zum Sündenbock gemacht oder nur noch mit repräsentativen Aufgaben betreut, wenn die wirtschaftlichen Herausforderungen wachsen würden. Die Zahlenmenschen hätten dann in den Aufsichtsgremien das Sagen und die „Kirchenleute" würden häufig nur noch schweigen. Er selbst habe diesen Prozess im Bereich der Diakonie erlebt, aber noch rechtzeitig den Absprung – ohne Gesichtsverlust – in die verfasste Kirche geschafft.

Andreas Klein bedankte sich für das offene Gespräch, war allerdings als überzeugter Kirchenmann auch ein wenig enttäuscht und irritiert über das Gehörte. Aber wenn seine politische Grundeinstellung ein Hindernisgrund für Leitungstätigkeiten im Bereich von Kirche und Diakonie sein sollte, überlegte er, „warum nicht gleich die Fühler in die Politik ausstrecken"?!

Klein war nämlich schon sehr früh zu einem politisch denkenden Menschen geworden. Sein demokratisches Schlüsselerlebnis hatte er mit 15 Jahren, als er am Deutschen Turnfest in Berlin teilnahm. Am Rande dieser Veranstaltung erlebte er zum ersten Mal in seinem Leben eine Großdemonstration auf dem Kurfürstendamm in West-Berlin. Es war eine unheimlich faszinierende Atmosphäre, die ihm Angst machte. Demonstranten, zu Ketten untergehakt, bewegten sich im Wechselschritt, Staccato, dann im Laufschritt. In Wellen stürmten sie nach vorn. Ihre Rufe „Ho-Ho-Ho-Chi-Minh" und „Wir-sind-eine-kleine-radikale-Minderheit", aber auch geballte Fäuste gingen unter die Haut, besonders wenn der Sprechgesang anschwoll. Überall waren rote Fahnen, die langhaarige Bart- und Brillenträger schwenkten, sowie Studenten mit politischen Transparenten zu sehen, die den Vietnamkrieg und die USA kritisierten. Steine flogen, die Polizei schien fast hilflos. Aber ist reden nicht besser als zu grölen, die Meinung anderer zu achten nicht besser als sie zu missachten?

Nach diesem Erlebnis las Andreas Klein noch aufmerksamer die Tageszeitung als vorher, er wurde immer neugieriger und fing an, politisches Interesse zu entwickeln. Taten die Demonstranten der Führungsmacht Amerika Unrecht? War es richtig, sich für ein

Zerschlagen der NATO einzusetzen? War die Hetze gegen den Springer-Konzern begründet? Auch Grundsatzfragen gehörten dazu: Wird die Meinungsfreiheit durch radikale Minderheiten oder auch durch die Macht der Medien missbraucht, ist die Meinungsfreiheit zur Farce geworden? Kann eine Straßendemokratie mit dem Aggressions- und Drohpotential sowie einzelnen Gewaltexzessen ein Zukunftsmodell für die liberale Demokratie sein? Sind bürgerliche Ideale nur noch eine leere Hülle und unglaubwürdig geworden? Hat Toleranz Grenzen, wenn Intoleranz herrscht? Gehören die „autoritären Autoritäten" in der Familie, in der Schule, in der Politik, in der Wirtschaft und in der Gesellschaft auf den Prüfstand oder sogar aufs Abstellgleis, weil sie für eine „natürliche Autorität" Platz machen sollten? Muss das demokratische System angesichts der Bildungsmisere sowie der einsetzenden Wirtschaftskrise und Arbeitslosigkeit verändert oder sogar abgeschafft werden?

Andreas Klein beschäftigte sich mit einer Fülle von politischen Fragen, die noch vermehrt wurden, als er zwei Jahre später zum Schülersprecher seiner Schule und dann auch zum Bezirksschülersprecher gewählt wurde. Im Landesschülersprechergremium, wo die Mehrheit zu den „Systemveränderern" gehörte, wurde nicht über die spezifischen Angelegenheiten der Schule und der Schüler gesprochen, sondern in der Regel über die Notwendigkeit, die Gesellschaft mit Hilfe von linksradikalen Modellen zu verändern.

Der Schüler Andreas Klein hatte in diesen Diskussionen keinen leichten Stand, weil er eine offene Gesellschaft sowie die parlamentarische Demokratie favorisierte. Er trug seine Argumentation vor, auch wenn viele sie nicht hören wollten, ihn belächelten oder ausbuhten. Die parlamentarische Demokratie sei besser als eine sozialistische Diktatur, auch besser als die angeblich heile Welt des Sozialismus, die doch nur die Individualität hemme, die Menschen unterwürfig und gleichförmig mache sowie entmündige. Im Parlament könnten die Bürger, die durch Wahlen für eine bestimmte Zeit legitimiert worden seien, bei der Suche nach dem Gemeinwohl teilnehmen und teilhaben, vor allem würden gesellschaftliche Konflikte hier institutionalisiert, deshalb nicht eskalieren, transparent gemacht, deshalb nicht nur in Hinterzimmern besprochen, begrenzt und kontrolliert, deshalb nach Regeln mit der Möglichkeit des Augenmaßes und des Kompromisses ausgetragen.

Andreas Klein war ein Anhänger der Mehrheitsdemokratie, die aber nicht nur Mehrheitsdiktatur werden dürfe, sondern Minderheitenrechte achten müsse. „Die Minderheit von heute, auch die im Schülersprecherparlament", so hatte er einmal gesagt, „könne zur Mehrheit von Morgen werden. Und das gehört zu meinem Demokratieverständnis." Dafür erntete er jedoch bei den übrigen Schülersprechern nur Gelächter.

Im Laufe dieser Diskussionen wurde ihm die Bedeutung des demokratischen Rechtsstaates mit seiner Gewaltenteilung und

Gewaltenkontrolle sowie den mehrheitsfesten Grundrechten immer wichtiger. Allerdings gab ihm die Mehrheit in „seinem" Parlament stets Kontra, da sie das DDR-Regime verherrlichten und das BRD-Modell mit dem Dualismus „die Bosse da oben" und „wir Gutmenschen hier unten" verhöhnten.

Ein weiteres kontroverses Thema war die Soziale Marktwirtschaft. Von diesem Modell hielten seine Schülersprecher-Kollegen, die später – einige von ihnen jedenfalls – zu Wirtschaftsbossen mutierten, in der Regel gar nichts. Es sei ein ausbeuterisches System mit Ellenbogen und Fäusten. Dass die Soziale Marktwirtschaft eine „gemischte Ordnung" jenseits von „zügellosem Kapitalismus" und „totalitärer Planwirtschaft" sei, beeindruckte die jungen Ideologen nicht. Auch das Beispiel nicht, dass der DDR-Trabant in der sozialistischen Mangelverwaltung mehr als zehn Jahr Lieferzeit und sich kaum weiterentwickelt habe, konnte nicht überzeugen, obwohl sich in der gleichen Zeit die Kraftfahrzeuge in West-Deutschland, die sich im internationalen Wettbewerb behaupten mussten, zu modernen Fahrzeugen entwickelt hatten. Und ein fairer Wettbewerb mit sozialen Rahmenbedingungen und der Begrenzung von Macht und Machtmissbrauch Wohlstand und Arbeitsplätze für viele bringe und Monopolen mit der Ausbeutung vieler und der Herrschaft weniger vorzuziehen sei.

Andreas Klein hatte selbst mit dem Thema „Profitstreben" kein Problem, weil faire Gewinne durch das Steuersystem in der Sozialen Marktwirtschaft auf die Mühlen des Gemeinwohls gelenkt würden. Dass es bei echter Chancengleichheit im Vergleich zu anderen Bürgern Ungleichheiten gebe, konnte er bei einem erfolgreichen Geschäftsmann aus seinem Bekanntenkreis sehen, der aber persönlich immer bescheiden lebte. Das Beispiel DDR zeigte ihm, dass Gleichmacherei zu Stillstand und Armut führte, Soziale Marktwirtschaft mit mehr Eigenverantwortung und Leistungsbereitschaft zu einer gerechteren Gesellschaft. Noch wichtiger als die Triebfeder „fairer Profit" waren ihm allerdings Partnerschaft und Kameradschaft, Freundschaft und Liebe sowie sein christlicher Glaube an die bedingungslose Barmherzigkeit Gottes, sonst hätte er auch nicht den Wunsch verspürt, Pfarrer zu werden.

Nach dem Abitur wurde Andreas Klein gefragt, ob er nicht für den Rat seiner Stadt kandidieren wolle. Für ihn war das eine gute Gelegenheit, nicht nur über Demokratie nachzudenken und zu sprechen, sondern auch konkrete Verantwortung zu übernehmen. Allerdings hatte er nach seiner Wahl eine persönliche Herausforderung, nämlich die Kombination von Politik und seinem Studium der Ev. Theologie und des Journalismus, was zu einem besonderen Zeitmanagement führte sowie einen doppelten Preis hatte: Er musste auf die geselligen Freuden eines Studenten verzichten, was er allerdings auch nicht so sehr vermisste. Aber vor allem hatte er als Ratsmitglied einer Partei und auch später, als er nicht mehr dem Rat angehörte, besonders aus der Sicht politisierender und einfach gestrickter Pfarrer und Personen sozusagen das unsichtbare Etikett „Parteimann" auf der Stirn kleben, obwohl er stets versuchte, bei seinem kirchlichen Dienst möglichst auftrags- und aufgabengerecht, menschen- und situationsgerecht zu handeln, völlig unabhängig von einer (partei-) politischen oder sonstigen Gesinnung.

Das kommunalpolitische Mandat sollte für Andreas Klein jedoch zu einer guten Schulung der Persönlichkeitsentwicklung werden. Gleich auf der ersten Sitzung seiner Fraktion stand die Frage, wen man als Vorsitzenden des Ratsausschusses für Jugend und Soziales vorschlagen sollte. Spontan wurde sein Name genannt. Da meldete sich ein erfolgreicher und in der Stadt anerkannter Geschäftsmann und sagte:

„Andreas Klein ist noch zu jung. Wenn in meinen Betrieb ein junger Vertreter erscheint, nehme ich den gar nicht ernst". Diese Äußerung verletzte Klein sehr. Er fühlte sich diskriminiert, ergriff das Wort und sprach in eigener Sache.

„Sie müssen mir nicht ihr Vertrauen schenken. Aber es sollten dann andere Gründe genannt werden. Nicht mein Alter". Und dann ging er mit seinem Redebeitrag in die Offensive: „Im Übrigen sollten wir uns gegenseitig achten, auf Augenhöhe begegnen und jedem eine Chance geben. Darum bitte ich." Und dann blickte er den

Parteifreund und Geschäftsmann an: „Wenn sie in ihrem Betrieb mit ihren Mitarbeitern oder Vertretern von außen ganz anders umgehen, würde ich das sehr bedauern. Aber das müssen Sie selbst verantworten. In der Politik herrschen aber andere Regeln." Klein hatte sich etwas von der Seele geredet, einige Fraktionsmitglieder klatschten und die Mehrheit schlug ihn zum Vorsitzenden des Jugendfachausschusses vor.

Diese Leitungsaufgabe, die Andreas Klein dann wenig später durch Wahl aller Parteivertreter in dem Ausschuss erhielt, war für ihn ein großer Gewinn. Er lernte zu moderieren, verschiedene Positionen zu integrieren, aber auch im Blick auf die Suche nach sachlichen Lösungen fair und vorurteilsfrei zu führen. Und er musste sich gegenüber der Verwaltung, die ihn zunächst – offensichtlich wegen seines Alters und seiner Zugehörigkeit zu einer bestimmten Partei – nicht so richtig ernst nehmen wollte, argumentativ mit dem Hinweis auf den „Vorrang der Politik" und konsequent mit dem Hinweis auf „differenzierte Analyse" durchsetzen. Gestalterische Politik, die um Mehrheiten kämpft, der ehrliche und offene Dialog mit vielen Bürgern, machte ihm Freude, auch wenn oder gerade weil politische Überzeugungsarbeit natürlich anstrengend ist. Sein klarer Kompass, Anwalt des Gemeinwohls zu sein, Einzelinteressen für das Gesamtinteresse fruchtbar zu machen, half ihm einen Weg des Ausgleichs und des Kompromisses zu finden.

Viele gute Erfahrungen und Prägungen aus der Zeit der Schule der Demokratie und der kommunalen Selbstverwaltung, dem Alleinstellungsmerkmal der deutschen liberalen Demokratie, hatte Klein mitgebracht, als er mit der Leitung von Samuel vor vielen Jahren vom damaligen Aufsichtsrat einstimmig beauftragt wurde.

Und jetzt? Andreas Klein wusste nicht, ob sich für ihn neue politische Türen öffneten. Aber er dachte über diese Option nach und gab alten Freunden aus der Politik in Berlin erste Signale.

24

Politik:

Die Macht der Erotik

Andreas Klein war Delegierter seiner Partei für den Landesparteitag. Manchmal fühlte er sich auf einem Parteitag wie ein Zuschauer einer politischen Inszenierung, die er neugierig und aufmerksam beobachtete. Manchmal auch wie ein Statist, der beim politischen Theater die Aufgabe hatte, nach den Reden der Elite kräftig zu klatschen und bei Anträgen überlegt die Hand zu heben. Denn die anwesende Presse schien (fast) jede Regung und jedes Verhalten genau zu registrieren: Wie lange wird stehend, das heißt huldigend oder anerkennend bei wem geklatscht? Fragen, die sich zumindest Journalisten zu stellen schienen.

Doch manchmal war Andreas Klein auch ein besonderer Teil des Spiels, wenn es um Kampfabstimmungen ging. Dann war jede Stimme wichtig. Plötzlich erschien auch ein einzelner Delegierter besonders wichtig, der sonst von Prominenten nicht groß beachtet worden war. Bei Personalentscheidungen lächelten schon mal die Kandidaten eifrig um die Wette und schüttelten viele Hände, nach der Wahl konnte das schon ganz anders aussehen. Zu den Parteitagen fuhr Andreas Klein gerne, weil er nicht selten die Gelegenheit hatte, mit einzelnen Fachpolitikern, Staatssekretären oder sogar mit einem Minister über gesundheitspolitische Fragen oder auch wegen einzelner Angelegenheiten des Unternehmens Samuel in lockerer Atmosphäre zu sprechen. Man muss ja nicht immer nur den offiziellen langen Weg gehen und kann manchmal auf dem kurzen Dienstweg schneller etwas erreichen, dachte Andreas Klein nicht ohne Grund und Erfolg. Was ihn aber besonders bewegte, an den Parteitagen teilzunehmen, waren die menschlichen Begegnungen. Es war spannend, in so kurzer Zeit fremde Menschen mit interessanten Ansichten und Erfahrungen kennenzulernen.

Einmal passierte ihm jedoch etwas, was er nach dem zweitägigen Parteitag nicht bereute. Aber es sollte ein einmaliges Erlebnis bleiben. Am Rande des Parteitages sprach er mit einer Frau, die ihn sehr stark an seine erste Ehefrau erinnerte, die ihn jedoch vor einigen Jahre verlassen hatte. Diese Delegierte strahlte ihn nun so an, als wenn sie sich schon lange kannten, als wenn sie ein Geheimnis offenbaren wollte und als wenn sie ein persönliches Feedback von ihm erwartete. Und Andreas Klein, der sich geschmeichelt fühlte, strahlte mit vergnügtem Lächeln zurück. Und sie tauschten nach dem Smalltalk über erfolgreiche Politik ihre Handynummern aus, um in Kontakt zu bleiben. Am späten Abend, Andreas Klein wollte sich in seinem Hotelzimmer gerade schlafen legen, um am nächsten Morgen wieder fit für den zweiten Tag des Parteitages zu sein, erhielt er eine WhatsApp.

„Können Sie mir die Antragsbroschüre zur Vorbereitung leihen? Hol sie mir ab." schrieb die neue Parteifreundin. Klein überlegte nicht lange und antwortete.

„Gerne. Zimmer 243." Es dauerte nicht lange und es klopfte an seiner Tür. Andreas Klein, kein Mensch von Traurigkeit, lud sie zu einem Absacker in sein Zimmer ein. Was sie dann gemeinsam erlebten, sollte ihr Geheimnis bleiben. Zu Beginn wurde noch mit großen Augen gefragt „Darf ich Du sagen?!" Dann folgten ihrerseits Komplimente wie „Was hast Du für schöne Hände!", und „Deine Augen sind wie ein Diamant!", wobei sich Andreas Klein über diese Metapher etwas wunderte. Ihm gefiel dabei aber ihre führende Rolle. Ihre roten Lippen näherten sich seinem geschwungenen Mund. Sie ergriff seine rechte Hand, hauchte Worte in sein Ohr, die Klein zwar nicht verstand, ihn aber weiter betörten. Seine „schöne Hand" glitt unter ihren Rock, damit er sie zwischen ihre Schenkel legen konnte – einem süßen Geheimnis nahezukommen.

Als die schöne Delegierte, die wie ein Geschenk des Himmels zu ihm gekommen war, zu noch späterer Stunde sein Hotelzimmer verließ, vergaß sie zwar die Antragsbroschüre, aber beide dachten noch Tage an diesen einmaligen Genuss einmaliger Stunden.

Andreas Klein wunderte sich später, dass er keine oder kaum Gewissensbisse hatte. Und dass er in dieser Nacht nicht an Samuel denken musste.

25

Abschied vom Vorsitzenden I:

Drohkulisse

Erneut hatte der Aufsichtsrat ohne die Vorstandsmitglieder außerhalb von Samuel getagt. Der Hinweis von Andreas Klein, dass nach der Satzung des Unternehmens die Vorstandsmitglieder an den Sitzungen teilnehmen, kümmerte den Aufsichtsrat nicht. Aber wie es die Satzung vorsah, gab das neu gewählte Mitglied Prof. Dr. Max Samenkorn zu Beginn der Beratungen die Versicherung ab, „die kirchliche Aufgabe von Samuel und seiner Einrichtungen als Werk christlichen Glaubens zu wahren und zu fördern." Anschließend sprachen Felicitas Fromme und Patricia König mit Andreas Klein:

„Wir wollen, dass eine neue Person im Vorstand, die kein Theologe ist, den Vorsitz übernimmt." teilte Fromme mit. Klein erläuterte daraufhin noch einmal, warum der ehemalige Aufsichtsrat des Unternehmens die gegenwärtige Führungsstruktur gewählt hatte. Ein „Spartenvorstand" berge die Gefahr, nur noch in „Kästchen" zu denken und das Ganze aus dem Auge zu verlieren. Entscheidend sei sowieso nicht die berufliche Herkunft, sondern die Leitungs- und Managementkompetenz, die vor allem die Zwecke und Ziele des Unternehmens und nicht Sonder- und Einzelinteressen stärke. Auch könne auf diesem Wege leichter ein Ausgleich zwischen den unterschiedlichen Interessen der unterschiedlichen Berufsgruppen und

Abteilungen gefunden werden. Seit vielen Jahren gebe es im Vorstand von Samuel einen Theologen mit Managementkompetenz sowie einen Ökonomen mit diakonischer Kompetenz. Dieses Modell habe sich bewährt.

Aber all die Ausführungen schienen sich in Luft aufzulösen. Keiner hörte mehr richtig zu. Andreas Klein redete wie gegen eine Wand.

Patricia König ergriff das Wort und berichtete von ihren Erfahrungen im Familienunternehmen, wo auch ein „rotierendes Vorstandssprechermodell" möglich gewesen sei. Aber sie habe nie Vorsitzende werden wollen. Dann ging Fromme, die sichtbar immer unruhiger geworden war, in die Offensive:

„Wir wollen uns von Ihnen, Herr Klein, trennen. Wenn Sie nicht freiwillig gehen, kann der Aufsichtsrat auflisten, was Sie an Nebentätigkeiten ohne Genehmigung alles machen, zum Beispiel ihre Nebentätigkeit im Vorstand einer hiesigen Partei. Zusätzlich kann der Aufsichtsrat ganz konkret unabhängig vom Geschäftsverteilungsplan des Vorstandes Ihnen vorschreiben, was Sie zu tun und zu lassen haben." Klein stockte der Atem, rang um Worte, versuchte jedoch sachlich zu bleiben und antwortete:

„Die ehrenamtliche Tätigkeit im Vorstand meiner Partei, die ich in meiner Freizeit wahrnehme und für die ich kein Geld erhalte, ist keine Nebentätigkeit, die mein Arbeitgeber genehmigen muss." Und der Aufsichtsrat müsse eigentlich wissen, dass er nicht als weisungsgebundener Geschäftsführer angestellt worden sei, sondern als ein Organvertreter, der sich konsequent und engagiert – auf viel Freizeit und Urlaub habe er viele Jahren verzichtet – an seinen Dienstvertrag und an die Satzung des Unternehmens halte. Dann wandte sich Klein direkt an die Aufsichtsratsmitglieder:

„Warum habe ich denn keine Möglichkeit, auf die Stellungnahme des Gutachters zu reagieren? Und warum reagieren Sie nicht auf die Äußerungen von Chefarzt Dr. von Bingen, der das Gutachten in Zweifel zieht?" Harsch antwortete Fromme:

„Weil wir nicht bei Gericht sind. Und ich empfehle Ihnen, jetzt nichts mehr zu sagen." Dennoch wagte es Klein, den Mächtigen weiter ins Gesicht zu sehen:

„Wir sind zwar nicht bei Gericht, aber ich bitte Sie um Verständnis, fair behandelt zu werden." Jetzt lenkten beide ein wenig ein – oder ab?!

König: „Sie haben sich verdient gemacht. Und keine goldenen Löffel gestohlen. Wir suchen nach einer einvernehmlichen Lösung."

Fromme: „Wir sollten den Ball möglichst flach halten. Ich habe bereits mit der Kirchenaufsicht gesprochen. Sie wäre bereit, eine Neuausrichtung vorübergehend zu dulden, auch wenn die Satzung etwas Anderes vorgibt." Und sie ergänzte noch: „Könnten Sie nicht ausscheiden, um als Gemeindepfarrer oder an der Universität tätig zu sein? Mir ist es wichtig, dass wir uns auch später noch in die Augen schauen können".

Etwa zwei Wochen später erschien Fromme erneut im Büro von Klein.

„Wir waren im Aufsichtsrat wieder zusammen. Ich kann Ihnen mitteilen, dass es aus unserer Sicht keine Möglichkeit der Zusammenarbeit mit Ihnen mehr gibt. Aber wir wollen Ihr Ausscheiden mit Anstand regeln. Noch ist dies möglich", eröffnete Fromme das Vier-Augen-Gespräch bei einer Tasse Kaffee und adventlichem Gebäck.

Klein: „Ich bedaure diese Verhärtung. Gibt es Gründe?"

Fromme: „Es bestehen keine Kündigungsgründe. Aber die Atmosphäre ist schlecht. Sie haben zum Beispiel in einer Sitzung zu Frau König gesagt, dass Sie nicht ihr Kammerdiener seien."

Klein: „Sollte ich sie damit verletzt haben, kann ich mich dafür entschuldigen. Ich wollte nur zum Ausdruck bringen, dass wir auf Augenhöhe diskutieren sollten. Und sie mir keine Weisungen erteilen kann."

Fromme: „Ich sehe keine Möglichkeit, die schlechte Stimmung zu ändern".

Klein: „Also ist eine Aussprache keine Option?" Jetzt verdrehte Fromme ihre Augen: „Keine Chance."

Klein fiel die nächste Aussage schwer, aber es musste wohl so sein: „Aufsichtsratsmitglieder, die sich mit dem Geist der Satzung und der Kultur des Hauses nicht identifizieren können, haben die

Möglichkeit des Rücktritts." Jetzt fiel Fromme aus allen Wolken und empörte sich:

„Das Ausscheiden von Aufsichtsratsmitgliedern würde in der Öffentlichkeit zu einem großen Imageschaden für Samuel führen." Aber Fromme wollte auch keine öffentlichen Auseinandersetzungen um die Person Klein.

Das Gespräch war zu Ende.
Der Kaffee war kalt.

26

Abschied vom Vorsitzenden II:

Auszug

Felicitas Fromme rief Andreas Klein an. Sie wollte ihn über die Sitzung des Aufsichtsrates informieren, die wieder in den Räumlichkeiten des Top-Managers Friedrich Groß stattgefunden hatte. Da Klein „kooperativ" sei, wolle der Aufsichtsrat, dass man „im guten Einvernehmen und ohne Verletzungen" auseinandergehe. Eine „Kleinigkeit" gebe es jedoch noch zu besprechen. Vor etwa 20 Jahren sei Klein mit seiner Familie in die Dienstwohnung auf dem Gelände von Samuel eingezogen. Er müsse sie nun „schnellstmöglich" räumen. Sie habe in den Vorschriften für Dienstwohnungen nachgelesen, dass selbst im Todesfall der Ehepartner spätestens in einem Monat ausziehen müsse. Falls Klein mit seiner Familie die Wohnung nicht „schnellstmöglich" verlasse, wolle der Aufsichtsrat klagen. Allerdings, so Fromme weiter, sei das „andererseits wegen eines möglichen Imageschadens in der Öffentlichkeit unwahrscheinlich". Wieder stockte Klein der Atem. Er und seine Familie hätten damit Schwierigkeiten, stammelte er. Als er den Dienst im Unternehmen begann, hätte der damalige Aufsichtsrat großen Wert darauf gelegt, dass er mit seiner Familie auf das Gelände zieht, um einen schnellen menschlichen Draht zu den Helfenden Schwestern entwickeln zu können. Fromme hatte für diesen Gedanken jedoch kein offenes Ohr, obwohl sie wusste, dass die Familie Klein im Laufe der Jahre für die Helfenden Schwestern und das Unternehmen insgesamt schon sehr viel getan hatte. Fromme führte, um Klein zu überzeugen, noch die ehemalige Top-Managerin König an, die nach ihrem plötzlichen Ausscheiden aus dem privaten Familienunternehmen das Gelände des Unternehmens nicht mehr betreten durfte.

„Aber sollte es da nicht einen Unterschied zwischen der Kultur eines kirchlichen und der eines privaten Unternehmens geben?" meinte Klein fast verzweifelt. Doch er wurde nur noch mit dem Hinweis von Fromme „getröstet", dass Aufsichtsratsmitglieder bei der Wohnungssuche helfen wollten.

27

Abschied vom Vorsitzenden III:
Information der Öffentlichkeit

Andreas Klein brauchte eine Auszeit, da er an einer Gürtelrose erkrankt war. Dennoch war es Fromme wichtig, zu ihm den Kontakt zu halten. Sie rief ihn an, um ihn über die letzte Aufsichtsratssitzung zu informieren. Empört hätten sich Mitglieder gezeigt, weil ein großer Bericht über Kleins neues ethisches Buch in einer Lokalzeitung veröffentlicht worden war. Die Öffentlichkeitsarbeit solle „ab sofort" nur noch in Übereinstimmung mit dem Vorstandsmitglied Paula Meier erfolgen, damit die Berichterstattung des Hauses in Zukunft mehr ärztliche und weniger diakonische Themen zum Inhalt hätte. Bei dem Finanzvolumen des Krankenhauses sei dies auch begründet. Aber, so Fromme weiter, jetzt müsse sie mit ihm über eine Presseerklärung wegen seines Ausscheidens aus Samuel sprechen. In dieser Erklärung danke der Aufsichtsrat ihm für seinen großen Einsatz in den letzten zwanzig Jahren zum Wohle des Hauses, da unter seiner Leitung sich das Unternehmen Samuel positiv weiterentwickelt habe und heute ein wichtiges und anerkanntes Unternehmen in Himmelspfort sei. Der Aufsichtsrat wolle, dass nur diese kurze Erklärung veröffentlicht werde und die Presse nicht zusätzlich recherchiere. Klein wies darauf hin, dass die Redakteure „unabhängige Geister" seien und vielleicht doch genauer hinsähen.

Aber man könne es ja versuchen, wie der Aufsichtsrat es beabsichtige. Nur bäte er darum, zunächst die Mitarbeiter zu informieren, damit sie sein Ausscheiden nicht aus der Presse erführen. Dann sprach Fromme noch das Thema „Verabschiedung" an. Klein sagte, er wolle keine offizielle Verabschiedung haben. Darauf erwiderte Fromme: „Ihr Wunsch spielt eine große Rolle. Aber ganz ohne geht es nicht, da wir ja nicht im Streit auseinandergehen."

Klein knickte ein. Er wolle darüber noch einmal nachdenken und mit seiner Frau sprechen. Vielleicht im kleinen Rahmen. Möglichst verantwortbar.

28

Abschied vom Vorsitzenden IV:

Verabschiedung

In einem weiteren Telefongespräch fragte Felicitas Fromme Andreas Klein nach seinem Wohlbefinden. Und als er berichtete, dass er seine Gürtelrose fast überwunden habe und schon wieder im Dienst sei, erzählte sie von ihrem letzten Kurzurlaub. Dann aber kam sie zu ihrem eigentlichen Anliegen, nämlich die Verabschiedung von Andreas Klein. Sie wolle keine schriftliche Würdigung seiner Person für die Hauszeitung abgeben, wohl aber eine Dankesrede bei seiner Verabschiedung halten. Dafür brauche sie Informationen und seinen Lebenslauf. Der Wunsch des ganzen Aufsichtsrates sei es ausdrücklich, ihn in einem Gottesdienst mit anschließendem Empfang zu verabschieden. Obwohl Klein und seine Frau eigentlich keine offizielle Verabschiedung haben wollten, stimmte Klein dem Wunsch des Aufsichtsrates zu. Er hatte schlicht keine Kraft mehr zum Widerspruch. Fromme merkte noch an, dass sie einen Einladungsentwurf des Vorstandes selbst an alle Aufsichtsratsmitglieder per E-Mail vorab verschicken werde, um das Einverständnis aller herbeizuführen. Denn „kein Aufsichtsratsmitglied soll Anstoß nehmen. Ich will mit Anstand die Sache über die Bühne bringen."

29

Abschied vom Vorsitzenden V:

Neue Töne

Felicitas Fromme bat um einen weiteren Termin bei Andreas Klein, der über diese Anfrage überrascht war, aber sich über nichts mehr wunderte. Offensichtlich war es jedoch ein „Herzensanliegen" von Fromme, mit Klein noch einmal über Grundsätzliches zu sprechen. Andreas Klein hörte jetzt fast nur noch zu.

Thema *Trennung*: Fromme betonte, dass eine Trennung von ihm nicht wegen eines Fehlverhaltens oder schlechter Arbeit geschehe, sondern „weil man einen Verantwortlichen für die schlechte wirtschaftliche Situation braucht, für die der Betroffene nichts kann". Von Frau Paula Meier könne man sich zurzeit nicht trennen, „weil sie im Krankenhausbereich über besondere Finanzkenntnisse verfügt und sonst alles wegbricht." Aber ein Vorsitzender trage eben eine besondere Verantwortung.

Thema *Verletzungen*: Fromme betonte ferner, und ihre Stimme fing ein wenig an zu zittern, dass Patricia König, zu der Klein gesagt hatte „Ich bin nicht Ihr Kammerdiener", diese Aussage selbst provoziert habe. König sei nicht verletzt. Und Klein brauche sich bei ihr deshalb auch nicht zu entschuldigen. König würde zwar meinen, dass Kleins politische Aktivitäten Samuel schaden würden; König übersehe jedoch, dass ihr eigenes „nerviges Verhalten" und ihr

„unberechenbarer Stil" eine viel größere Herausforderung für den guten Ruf des kirchlichen Hauses darstelle.

Thema *Gutachten*: Fromme sagte, die Stellungnahme mit den Chefarztstimmen im Blick auf den Vorstand, die Professor Samenkorn angefertigt hatte, nähme der Aufsichtsrat nicht „so ernst". Ohnehin beträfe sie den ganzen Vorstand und nicht nur den Vorsitzenden. Dem Aufsichtsrat sei auch bekannt, dass es eine Kluft zwischen Selbstwahrnehmung von Chefärzten und Fremdwahrnehmung durch die nachgeordneten ärztlichen und pflegerischen Teams gibt.

Sie wisse auch, dass Klein einem Chefarzt einmal sagen musste, dass ein höheres Gehalt und ein höheres Einkommen nur mit besonderen Leistungen und Mehreinnahmen zu begründen seien. Und dass ein kirchliches und gemeinnütziges Haus nicht angetreten sei, dass einzelne Mitarbeiter sich um jeden Preis „eine goldene Nase verdienen können." Fromme ergänzte erregt: „Ich hätte dem Chefarzt noch mit auf den Weg gegeben: „Sie können ja gehen.""

Thema *Fusion*: Fromme bat um Verständnis, dass Klein zu den ersten Gesprächen mit einem möglichen „Kooperationspartner" nicht eingeladen worden war, sondern nur seine Vorstandskollegin Paula Meier. Klein zeigte Verständnis, weil er nicht Weichen stellen wollte, die er später nicht mehr zu verantworten habe. Vor allem, weil er gegen eine „schleichende feindliche Übernahme" sowie gegen eine „Fusion ohne Not" sei. Denn Samuel, mit dem er zwar nicht

„verheiratet" sei, es aber in gewisser Weise „liebte", sei „gut aufge-stellt", brauche seiner Meinung nach echte Kooperationspartner auf Augenhöhe, vor allem eigene Unabhängigkeit und Selbstständigkeit sowie ein glaubwürdiges diakonisches Profil.

Fromme dankte Klein für seine letzten Worte bei der letzten Dienstbesprechung mit den Chefärzten, an der sie auch teilgenom-men hatte. Nachdem sich diese noch einmal Luft gemacht hatten über die „schlechte Verwaltung", die „schlechte Darstellung ihrer Leistungen" in der Hauszeitung und ein Chefarzt sogar forderte, dass seine Auszeichnungen für seine Spitzenleistungen „regelmäßig im Briefkopf des Unternehmens" zu erscheinen haben, hatte Klein alle zum Schluss gebeten, mit seinem Nachfolger und dem Vorstand an-ders umzugehen: Sachlich, ehrlich und fair, vielleicht auch selbstkritisch, vor allem mitarbeiter- und unternehmensorientiert.

30

Abschiedsfeier:
Wer hat Angst vorm bösen Haifisch?

Vor Zahlenmenschen, die als „Sanierer" und „Retter" faszinieren?

Vor Gutmenschen, die mit „Werten" und „Normen" täuschen?

Vor Machtmenschen, die sich mit „Kälte" und „Härte" durchsetzen?

Vor Haifischen, die sich als Goldfische ausgeben?

Vor Goldfischen, die gerne Haifische sein wollen?

Niemand!

Aber wenn ein Haifisch kommt?

Dann weglaufen?!

Ihn in Schach halten?!

Eine Beruhigungspille einnehmen?!

Die Fassade polieren?!

In Schockstarre fallen?!

Ihn gemeinsam bekämpfen?!

Andreas Klein, seine Familie und seine Assistentin saßen bei der Abschiedsfeier nach dem Festgottesdienst gemeinsam an einem Tisch. Andreas Klein fühlte sich im großen Saal, in dem sich etwa 200 Personen versammelt hatten, nicht wohl in seiner Haut. Es herrschte Langeweile, als Felicitas Fromme den Lebenslauf von Andreas Klein

179

lieblos vorlas, Begeisterung, als Klein zu seiner Überraschung einen kirchlichen Orden für seine Leistungen im langjährigen Leitungsdienst erhielt; allerdings von der kirchlichen Stiftungsaufsicht, die ihn nie wegen seines Ausscheidens und der geplanten Neuausrichtung des kirchlichen Unternehmens angesprochen hatte.

Begeistert war Klein von einem prominenten Gast, der seinen umfassenden Dienst konkret würdigte, Kleins Unabhängigkeit, seine Netzwerk- und Verbandsarbeit, aber auch seine fachliche Kompetenz und Glaubwürdigkeit; für Aufsichtsratsmitglieder, die Klein vor allem durch die politische Brille sahen, überraschend, da dieser Politiker einer anderen Partei als Klein angehörte.

Mit starken Bauchschmerzen nahm Klein wahr, dass seine Frau und seine Kinder, die in Samuel gleichsam großgeworden waren, vom Aufsichtsrat, insbesondere von der Aufsichtsratsvorsitzenden, ignoriert, nicht erwähnt oder gar wertgeschätzt wurden. Hatte man diesen „Familienanschluss", der im Unternehmen mit den Helfenden Schwestern eine lange Tradition hatte, bewusst vergessen? Vor allem die jahrelange Beziehung der Familie Klein zu den Helfenden Schwestern, zum Beispiel die gemeinsamen Feiern und Ausflüge?

Aber sei es drum. Andreas Klein hatte den Namen von „Rumpelstilzchen" in seinem Dienst gehört, die Namen vieler Mächtiger. Und diese Kobolde mit ihren Allmachtphantasien sowie überhöhten Geltungs- und Machtbedürfnissen sollten in Zukunft keine Macht mehr über ihn und seine Familie haben. Weil er jetzt diese mächtigen Kobolde beim Namen nennen konnte, waren sie entmachtet.

Zu Hause, noch war es ihr Zuhause, da sie erst in einigen Monaten ausziehen mussten, saß er noch lange mit seiner Frau zusammen. Und sie sprachen über das Aquarium mit den vielen Haifischen. Dass der Inhalt beschädigt wird, wenn man die Form des Aquariums einfach und brutal zerstört. Dass die Würde und das Erbe erhalten bleiben müssen, damit das Aquarium in neuer Form eine Zukunft behalten soll. Dass der Mensch wichtiger ist als das Etikett auf dem Aquarium. Dass Haifische, die in jedem Menschen wohnen, in Schach gehalten werden müssen. Sie philosophierten noch eine ganze Weile. Und Andreas Klein stammelte ein Gebet, ohne die Hände zu falten und ohne dass es irgendjemand hätte hören können: „Vergib ihnen, denn sie wissen nicht, was sie tun." Und seine Angst wich durch neues Vertrauen. Nach diesem Alptraum schrieb Andreas Klein seine Phantasien auf, um die Lücken in der Realität zu schließen. Und das Ende war ein Neuanfang. Weil Andreas Klein einen neuen Traum hatte: Christliche Religion in Kirche und Gesellschaft gab es nicht länger ohne biblische Überlieferung und ohne religiöse Erfahrung.

Gerade erst *ausgekühlt*, entfaltete die Religion wieder existenzielle Leidenschaft und sinnliches Temperament.

Gerade erst *ausgehöhlt*, suchte die Religion wieder nach dem Kern christlichen Glaubens und der christlichen Wahrheit für das Leben.

Gerade erst *ausgeklammert*, wurde die Religion wieder zum lebendigen und verbindlichen Teil des dynamischen Alltags.

Gerade erst *ausgewandert*, entdeckten immer mehr Menschen wieder das Ewige im Zeitlichen.

Ewiges und Zeitliches, Überlieferung und Erneuerung, grüßten sich nicht nur, sondern gestalteten das Leben gemeinsam – in Verantwortung und im Geiste christlicher Liebe. Beide fischten nicht im Trüben des Aquariums, in dem auch weiterhin Haifische und Goldfische lebten, sondern sie kümmerten sich gemeinsam um frisches Wasser zum Leben.

Epilog

Ein Jahr später.

Andreas Klein hatte eine neue Wohnung in Himmelspfort gefunden. Er lernte in seiner neuen freien Zeit, Kunst, Kultur und Geschichte, aber auch die Natur, die Stadtgesellschaft und das Leben selbst mit neuen Augen zu sehen. Das Wahre, das Schöne, das Gute und das Echte konnte er immer mehr genießen, ohne stets nach dem Nutzen oder nach der Effizienz fragen zu müssen.

Der neue Vorstand des Unternehmens Samuel jedoch, zu dem Andreas Klein keinen Kontakt hatte, ließ kein gutes Haar an seinem Lebenswerk. Sein Nachfolger sowie die neuen Vorstandsmitglieder verteilten hinter vorgehaltener Hand fleißig schlechte Noten wie Schulmeister, die ihre Schüler gar nicht kennen und auch nichts von der Besonderheit ihrer Schulzeit wissen wollen, weil sie alles besser wissen und natürlich auch machen. Da wurde Klein, der nichts von den unsichtbaren und unfairen Gerichtsverhandlungen wusste, schwer krank – und wurde in das Krankenhaus „seines" Unternehmens Samuel eingeliefert. Ärzte und Schwestern kümmerten sich liebevoll um ihn – aber „ihr" Andreas Klein starb an plötzlich auftretenden Komplikationen. Und wieder gab es eine Abschiedsfeier. Wieder war die Resonanz überwältigend. Wieder waren auch (fast) alle Weggefährten aus seinem aktiven Dienst erschienen. Und die

Oberkirchenrätin i.R. sagte mit Tränen in den Augen: „Andreas Klein hat sich um Samuel verdient gemacht. Wir haben ihm viel zu verdanken."

Und vor dem inneren Auge eines Anwesenden tauchten Haifische auf, die vor Goldfischen einen weiten Bogen machten, sich bekämpften, um dann im Meer des Lebens spurlos zu verschwinden.

Epilog II
Im Licht.

Ein kleines Licht ist erloschen. Und viele weitere Lichter werden folgen. Ob sie alle durch ein noch viel größeres Licht neu und anders entzündet werden? Ob die verstorbenen Seelen in die Welt der Seligen eintreten? Sich in andere Körper verwandeln? In den Kreislauf der Natur zurückkehren?

Oder haben alle Lebenslichter den Kampf gegen die Macht des Todes verloren und sind auf ewig verloren? Gegen den brutalen Befreier von Leid, Hilflosigkeit und Ohnmacht? Aber auch gegen den Lehrer der Vergänglichkeit und Gleichheit aller? Vielleicht auch gegen den Zauberer, der eine schöne Vertröstung aus dem Hut zaubert?

Die mächtige Finsternis kämpft gegen das Licht. Will sie andere hinters Licht führen oder verhindern, dass Düsteres ans Licht kommt? Will sie selbst Licht sein und nicht gestört werden?

Alle Lichter dieser Finsternis haben vergessen, dass sie wie brennende Wachskerzen sind, vergänglich und endlich.

185

Und dass sie sich vor dem Licht des Lebens, das das Leben geschaffen hat, das Leben im Lichte der Liebe erhalten und erneuern will, das dem Leben Sinn gibt und zu dem das Leben zurückkehrt, verantworten müssen:

Die Lichtgestalten, die grunzen und blenden. Die Lästermäuler, die sich im Zwielicht aufhalten, um Frechheiten und Halbwahrheiten zu verbreiten. Die Hohepriester, die ihre bösen Gedanken im Schatten zu verstecken suchen.

Und wenn Christus wirklich der Lichtträger Gottes für alle ist, dann werden alle vom Licht selbst befragt:

Wo warst du, als du deine Ohren verschlossen, dich umgedreht und aus dem Staube gemacht hast?
Wo warst du, als du dich hinter einem anderen, einer Mehrheit, einer Institution einem Luftschloss versteckt hast?
Wo warst du, als die Stimme deines Gewissens, die du nicht so leicht übertönen konntest, zu dir gesprochen hat?
Wo warst du, als man anderen den Mund verbot und du anderen nach dem Munde redetest, weil man dir Honig um den Mund geschmiert hat?

Und wenn sie im Lichte leben wollen, können sie nur antworten: Hier bin ich und bitte um ein neues Leben, um das befreiende und heilendende Licht ewigen Lebens.

Burkhard Budde,

freier Journalist und promovierter Theologe, lebt im Harz. Derzeit ist er Kolumnist des Westfalen-Blattes sowie des Wolfenbütteler Schaufensters. Er studierte Ev. Theologie, Publizistik und Philosophie an der Universität Münster.

Der gebürtige Westfale absolvierte Kurzvolontariate bei Tageszeitungen und beim Deutschlandfunk sowie ein Pressevikariat in Bielefeld. Bei Prof. Dr. Alfred Jäger (†) lernte er in St. Gallen das „Modell ganzheitlicher Führung" kennen. Er leitete eine diakonische Einrichtung in Niedersachsen, nachdem er in Ostwestfalen Gemeindepfarrer gewesen war.